LES

PRUSSIENS A DAMMARTIN

SOUVENIRS DE L'INVASION

VICTOR OFFROY

LES

PRUSSIENS

A DAMMARTIN

(Seine-et-Marne)

1870-1871

SOUVENIRS DE L'INVASION

DAMMARTIN

LIBRAIRIE DE LEMARIÉ FILS

1871

LES

PRUSSIENS A DAMMARTIN

***

Aujourd'hui que mes dernières larmes ont coulé sur la tombe de ce que j'avais de plus cher au monde, de mon fils unique, victime aussi des fatigues, des émotions de la guerre, je reprends, dans le calme de mon deuil, une plume que je croyais ne jamais reprendre, et je vais essayer de raconter l'histoire, à jamais calamiteuse, des Prussiens à Dammartin.

V. O.

La France avait déclaré la guerre à la Prusse ! Pourquoi ? il est difficile de bien répondre à cette question, car les motifs allégués, quoi qu'on dise, ne compromettaient ni l'honneur, ni la gloire, ni l'intérêt national, et ceux qui réfléchissent se demandent encore comment de sages sénateurs. une Chambre de députés. ont pu, en acclamant cette guerre, avec tant de précipitation et de légèreté. décider que deux grandes nations devaient s'entr'égorger parce qu'un prince avait été proposé pour le trône d'Espagne. et ensuite parce que le roi de Prusse, qui avait retiré cette proposition, n'avait pas voulu prendre l'engagement qu'on lui imposait de ne pas la renouveler.

Je sais que ceux qui, en politique. en savent plus que les ministres, y voient toujours autre chose que ce qui est ; je sais que les Romains, les Grecs déclaraient la guerre pour de·moindres motifs à leurs voisins, mais ils avaient sur eux un avantage que les nôtres eurent sur nous : ils étaient en force et nous ne l'étions pas ; et quand nous l'eussions été. pourquoi mettre l'équité contre nous ? et prendre l'offensive quand nous en pouvions laisser le tort à nos ennemis ? Pourquoi nous presser quand nous pouvions attendre ? Pourquoi nous priver des sympathies des autres nations qui, nous voyant, malgré les paroles sensées d'un sage, engagés par notre volonté dans cette déplorable guerre, ne jugèrent pas à propos d'en réparer ou expier la faute avec nous ?

Enfin cette guerre était déclarée. Les préparatifs se faisaient à la hâte ; l'enthousiasme, si prompt chez nous. entraînait tout. Les troupes qu'il rend invincibles eurent, dans le premier élan, quelques succès ; bientôt elles furent accablées par le nombre. Malgré des traits de courage héroïque, il fallut s'en tenir à la défense et se retrancher dans nos places fortes. Vinrent les fatales capitulations de Sedan, de Strasbourg, de Metz. L'ennemi poursuivit ses succès et notre belle France fut envahie.

Les journaux, auparavant si rassurants, devenaient de plus en plus alarmants par les nouvelles et l'effroi qu'ils répandaient ; notre gouvernement les confirmait par les défenses qu'il organisait et les obstacles qu'il cherchait à opposer partout à la marche de l'ennemi. Une panique vertigineuse se répandait dans les campagnes ; les routes étaient couvertes de voitures, de bagages, de familles, fuyant vers la capitale ; des cultivateurs s'empressaient d'y conduire leurs grains et leurs bestiaux, et des milliers de provinciaux s'y enfermaient avec eux. Une auréole flamboyante entoura pendant plusieurs jours la grande ville dans une vaste étendue ; c'étaient des meules de grains, de paille, de fourrages, des bois mêmes que le gouvernement faisait incendier pour faire, disait-on, le vide aux Prussiens et la place à la bataille. Ces feux silencieux, horribles précurseurs des feux grondants qui devaient les suivre, jetaient l'épouvante au loin et désolaient ce qui restait d'habitants dans les communes environnantes en les menaçant d'une disette prochaine.

Nous étions à la mi-septembre et dans une anxiété pénible. Depuis un mois des convois de déménagements ne discontinuaient pas de passer par Dammartin et nos habitants d'émigrer dans des lieux plus ou moins éloignés, pour se soustraire à l'ennemi dont chaque jour signalait l'approche.

Notre petite ville était réduite à ce point que sur une population de 1,860 habitants, il n'en restait plus que 46. J'y étais seul d'autorité comme maire-adjoint, et j'avais délivré des centaines de laisser-passer, de certificats, etc. Toutes les maisons étaient désertes et fermées en plein jour comme à minuit. Nous venions de loger une partie des troupes de la division Vinoy; nous avions vu ces spahis, soldats arabes, si remarquables par leurs figures de bronze, leurs costumes féminins, leur armure et leurs chevaux aussi véloces qu'intelligents. Nous avions vu séjourner chez nous des escadrons de cuirassiers assez mal disciplinés, dont la mission était de faire des patrouilles de campagne, afin d'épier la marche de l'ennemi; leur chef exigeait que des hommes du pays guidassent les siens dans des rondes nocturnes, et ce n'était pas sans danger.

Fatigués que nous étions d'attendre les Prussiens dont nous étions toujours menacés, nous étions amenés à les désirer pour mettre un terme à notre anxiété.

J'ai dit qu'il ne restait à Dammartin que 46 personnes; parmi elles je dois citer les sœurs de notre hospice qui furent toujours si secourables, si hospitalières pour les pauvres et les malades; le frère Dominique et l'abbé Frutel qui, après quelques hésitations, continuèrent à remplir leurs fonctions selon le besoin de la circonstance et le zèle du devoir; M. Chevance, secrétaire de la mairie, dont le courage, l'activité semblaient se multiplier avec des occupations incessantes et qui, depuis trente ans, est, par son intelligence, d'un grand secours à la commune; les époux Bonnefoi, concierges de l'Hôtel-de-Ville; le garde-champêtre Michel, qui ont souffert avec nous dans des jours difficiles, dont les bons services nous ont été si utiles et dont le dévouement, l'activité, soumis à de dures épreuves, ont pu être fatigués, mais jamais découragés. Je pourrais joindre ici des noms honorables, tels que ceux de MM. Jamet, notaire; Canot, vétérinaire; Dupille, grainetier. qui apportèrent à la mairie un concours intelligent; de M. Guy, médecin, qui pansa des blessés, et suppléa son collègue dans les soins à donner à l'hospice et ailleurs ; de M. Seigneur, pharmacien instruit, citoyen dévoué, et plusieurs autres personnes qui préférèrent encourir des éventualités dans leur pays que de s'exposer à celles de l'émigration.

Et pourtant, dois-je le dire, il fut un jour où la rumeur fut si grande, le danger si imminent d'après des rapports exagérés, que le courage faillit chez plusieurs et que moi-même je fus un moment ébranlé. J'appris que dans un rassemblement on agitait la question de partir tous ensemble et d'abandonner le pays. J'y courus. Le patriotisme l'avait emporté sur mes craintes.

— Comment, leur dis-je, nous laisserions ici des femmes, des vieillards, des enfants, sans secours, sans appui, et nos maisons à des envahisseurs qui vont tout ruiner ! Eh bien, allez, messieurs ; quant à moi, mon parti est pris, je reste à mon poste, dussé-je y périr, parce que je suis fonctionnaire public et que pour mon pays, là, où est le danger, là, est pour moi le devoir.

Cette résolution fit revenir mes compatriotes de leur idée de fuite ; ils ne voulurent pas m'abandonner et restèrent. Je ne veux pas ici me donner la moindre importance, mais je tiens pour certain que si le secrétaire et moi nous eussions quitté la mairie, il ne serait resté à Dammartin que ceux qui n'auraient pu en sortir.

Enfin, le 15 septembre, vers deux heures de l'après-midi, quelques uhlans apparurent à l'entrée Est de Dammartin. Leur troupe était à quelque distance en arrière. Deux d'entre eux parcoururent la rue principale au grand galop, tenant dans une main leur pistolet chargé, et portant partout des regards farouches et explorateurs. Ils descendirent la côte vers Villeneuve, où ils rencontrèrent une voiture chargée de fourrages et attelée de deux chevaux. Ils voulurent parler au conducteur (le sieur Godefroy) qui, effrayé, se sauva. Les uhlans tuèrent les deux chevaux et repassèrent par la ville ; n'y voyant aucune défense, ils allèrent rejoindre et renseigner leur troupe qui précédait un corps d'armée stationnant dans les plaines de Lagny-le-Sec.

Le 18 suivant, ce corps d'armée passa à Dammartin, il était composé d'une grande partie de la cavalerie royale. C'étaient de magnifiques régiments de cuirassiers blancs, de dragons, de chasseurs, de lanciers, chacun avec leur musique. Après eux venaient de nombreux bataillons d'infanterie, marchant résolument, chantant des airs patriotiques qui alternaient avec leurs tambours et leurs fanfares. Ces troupes composaient environ 50,000 hommes qui, sous nos yeux, défilèrent en un jour. Le soir, un corps de 12,000 Saxons qui les suivait, coucha à Dammartin. En un instant toutes les portes furent enfoncées et les maisons remplies ; il y en avait jusqu'à 80 dans quelques-unes. ils s'emparèrent de tout ce qu'ils y trouvèrent, et, sur ma réclamation auprès des chefs, on me répondait qu'une maison abandonnée appartenait au vainqueur. C'est ainsi qu'ils interprétaient le droit de cónquête, mais ce droit ils l'étendirent jusques dans des habitations dont les propriétaires présents durent céder à la force et coucher, comme moi, sur la paille, tandis que cette soldatesque se délectait dans nos lits, après s'être enivrée sur nos tables.

Ces Saxons se livrèrent à des extravagances de carnaval ; ils s'étaient affublés de divers costumes et se pro-

nous entendions nous faisait trembler ; nous n'en pou-
·vions plus d'alarmes, de terreur, quand enfin la trom-
pette sonna, la troupe partit, le feu fut éteint, mon fils
s'empressa de déterrer sous le brasier les cartouches
déjà toutes chaudes, et de les jeter à l'eau ; nos poitrines
furent allégées d'un poids énorme. Je vivrais cent ans
que je n'oublierais jamais ces impressions qui me font
trembler encore en y pensant. Hélas ! elles furent telles
pour mon fils qu'elles ont contribué à la maladie à laquelle il succomba.

Les jours suivants, des passages nombreux de troupes
se succédèrent chez nous, se dirigeant sur Paris. On y
remarquait la bonne tenue, la forte stature des hommes
et surtout la beauté des chevaux. Après eux venait un
immense convoi de voitures de bagages ; il occupait sans
discontinuité sur la route un espace de 14 kilomètres.
Une division militaire s'établit dans le canton. Il y eut
à Dammartin une commandanture, une caserne, une
poste aux lettres et aux chevaux, des postes de
jour et de nuit, une gendarmerie, une inspection,
une télégraphie, le tout composant pour nous un
effectif de 800 hommes, indépendamment des troupes de
passage, ce qui occasionnait pour notre ville une dé-
pense de seize à dix-huit cent francs par jour. Ensuite
s'établirent quinze ambulances. Il nous fallait tout leur
fournir : couchettes, literie, lingerie, faïences, meubles, etc. ; ce qu'elles consommèrent, notamment en
huile, bois et charbon, s'élève à un chiffre qui pesera
longtemps sur le budget de notre ville. J'étais requis à
chaque instant pour ces objets et pour bien d'autres,
comme maire, toujours avec menace et sous peine
d'amende ou d'arrêt, en cas de refus ; il fallait bien se

soumettre à des hommes qui commandaient le sabre au poing. La ville fit des emprunts forcés aux marchands et s'endetta pour se sauver; ce qui n'empêchait pas les soldats, même des officiers, de prendre ce qu'ils trouvaient à leur convenance dans les maisons dont ils étaient ou se rendaient les maîtres, et dans les cachettes qu'ils avaient l'art de découvrir, ce qu'ils firent de presque toutes. Ainsi on ne saurait énumérer ici le nombre des draps, couvertures, oreillers, matelas, lits de plumes, meubles et objets d'art qu'ils emportèrent. L'enquête qui a été faite des dommages et pertes pour notre ville s'est élevée à la somme de cinq cent soixante-neuf mille sept cent dix-neuf francs.

Il y avait au petit château de la Tuilerie un descendant du célèbre Blücher qui remplissait les fonctions de général; un colonel commandant d'étape à la commandanture de qui tout relevait dans la ville, et un colonel âgé dans la maison de madame Moreau-Offroy, qui avait l'intendance de la gendarmerie et des équipements. Un capitaine de la landwher était logé avec son lieutenant dans la maison de M. Vincent Bailly; ces officiers supérieurs étaient instruits et civilisés. J'avais, comme maire, des relations obligées et fréquentes avec eux, et, soit qu'ils n'aient jamais eu à se plaindre de moi, soit qu'ils considérassent l'autorité municipale, je dois dire que je n'ai eu qu'à me féliciter de leurs procédés à mon égard.

Ces bonnes relations, que j'eus le soin d'entretenir, ne furent pas inutiles pour le pays. C'est par elles que j'obtins du commandant quelque allégement aux charges dont nous étions accablés, une plus grande répartition, dans les villages, des troupes, ce qui diminuait toujours un peu celles qui voulaient loger au chef-lieu, et la délivrance de personnes que, pour différents motifs, il avait fait emprisonner. De ce nombre étaient des maires, des prêtres, des notables du pays et des environs, et même de pauvres femmes. Je n'étais pas toujours d'accord avec les soldats, quoique, après un séjour de plusieurs mois, presque tous me connussent et me saluassent. Il se trouvait souvent parmi eux quelques mauvaises têtes dangereuses par l'ivresse, à qui, dans des différends avec les habitants, je ne pouvais faire entendre raison. C'est à ces emportés, à ces exaltés par la colère et le vin que je dus d'être battu, terrassé, maltraité, quand je voulais m'interposer pour empêcher des actes de violence ou d'injustice. Le commandant, instruit de de ces faits envers moi, en fit arrêter et punir les auteurs.

Les ambulances s'étaient multipliées à Dammartin. Elles contenaient journellement de quatre à cinq cents malades, presque toujours du typhus. Les plus considérables étaient celles du collège et de l'hospice. Un jour il arriva dans cet asile un malheur déplorable. Un jeune prussien, habitué de l'hospice où il rendait quelque service, y nettoyait son fusil; une jeune fille (Mlle Giverne), élève de la maison, se trouvait en face de lui.

— Montrez donc, lui dit-elle, comment on charge ce fusil ?

Le soldat enfonce une cartouche par la culasse, le coup part, la pauvre fille, atteinte par la balle, tombe et expire noyée dans son sang.

J'arrive. L'auteur involontaire de ce malheur sanglotait, s'arrachait les cheveux, se roulait à terre, affolé de désespoir. Il fut arrêté, conduit en prison, par l'ordre du commandant qui s'empressa de me faire exprimer ses regrets sur cet événement. Le malheureux jeune homme fut, pour cette imprudence, condamné à dix ans de réclusion dans une forteresse. Le surlendemain, j'assistai à l'autopsie de la victime faite par des médecins prussiens, assistés de ceux du pays. Il fut reconnu et constaté, par procès-verbal, que la balle avait perforé la poitrine et le cœur.

La commune de Longpérier eut, quelque temps après, un semblable malheur à déplorer, mais dans une autre circonstance. Le 21 décembre, sur le soir, des soldats prussiens avinés s'étaient pris de querelle avec le nommé Brot, dans sa maison située sur le bord de la route, et l'un d'eux lui avait percé le bras d'une balle. On courut chercher le maire de la commune : c'était M. Noblat, ancien gendarme, qui en remplissait les fonctions. Ce digne homme allait prendre son repas ; il se lève, court chez Brot, fait arrêter le coupable et allait le conduire à Dammartin quand ce dernier se dégage, décharge son fusil sur lui, l'atteint dans la poitrine et le tue. Il fut garotté, emprisonné à Dammartin et envoyé en Prusse. Je ne sais à quelle peine il fut condamné, mais la douleur causée par cet événement fut grande dans la commune, désolée de la perte d'un si brave homme ; sa femme en est restée inconsolable. L'autopsie du corps fut faite par un docteur prussien et le pauvre Noblat fut inhumé au milieu d'un cortége de tous les habitants. L'adjoint de Longpérier et moi, ceints de l'écharpe, nous tenions les glands du poële. Le commandant s'était fait représenter ; des officiers prussiens, musique en tête, accompagnaient le cercueil. Je prononçai sur la tombe un discours pour rendre hommage à la mémoire de cet homme si loyal. si empressé d'obliger, si aimé, si regretté de tous, et qui,

victime de son dévouement, venait de périr si cruelle-
ment, emportant une croix de martyr au ciel et laissant
des regrets profonds dans son pays.

La commune de Longpérier a voulu honorer la mémoire de ce digne citoyen : les habitants se sont em-
pressés de souscrire pour l'érection d'un monument
funèbre où se trouve gravée l'expression de leur
reconnaissance, le Conseil a voté la concession gratuite
de la place qu'il occupe dans le cimetière, et le clergé n'a
rien réclamé pour les frais d'inhumation,

Nous eûmes aussi à rendre des honneurs funèbres à
quelques-uns de nos braves soldats, blessés dans les
combats qui se livrèrent autour de Paris. Ils furent
amenés prisonniers de guerre à Dammartin ; ils y reçurent, dans des maisons particulières, les soins que ré-
clamait leur état. M. le Dr Guy et Mme Rodier les leur
prodiguèrent avec une sollicitude digne d'éloges ; quelques-uns y moururent. De ce nombre furent M. De la
Savinière, un mobile, et M. Cavanelli, capitaine décoré.
Le discours que je prononçai sur la tombe de ce dernier,
en présence d'une députation d'officiers supérieurs, du
commandant, des soldats de la garnison, accompagnés
de leur musique, produisit sur ces officiers une impres-
sion qui leur fit me demander une copie de mes paroles.
J'appris que mon discours, bien qu'il s'y trouvât cer-
taines hardiesses, avait été envoyé à un journal de
Berlin.

Les prussiens ont un grand soin de leurs malades
et un grand respect pour leurs morts. Ils ont ce que
j'appellerais le culte du tombeau. Une cinquantaine
d'entre eux décédèrent chez nous et y furent inhumés.
Des croix et des pierres tombales indiquent leur sé-

2

.pulture. Ils avaient un char orné de draperies et de
.guirlandes pour les conduire au cimetière et ils les accompagnaient avec recueillement. Sur leur tombe, leur ministre prononçait une longue homélie, tous chantaient
en chœur un hymne funèbre; chacun jetait une poignée
.de terre et ils ne se retiraient que quand la fosse était
remplie.

Avant de quitter le pays, toute la garnison, le général
en tête, se rendit au cimetière pour un suprême adieu à
ces morts. Ce fut l'objet d'une cérémonie à laquelle ils
m'invitèrent. J'avoue que j'en fus édifié ; ils étaient en
.grande tenue, les casques, les armes resplendissaient ;
.les tambours battirent, la musique fit entendre de lu-
gubres harmonies, le ministre prononça des paroles qui
firent, à plusieurs, verser des larmes ; ils étaient tous
dans un profond recueillement. Jamais notre cimetière
n'avait vu et ne verra, je l'espère, une semblable cérémonie; tout dans cet adieu fut sérieux, religieux, solennel. A la fin, le général s'approcha de moi et me dit :

— M. le Maire, en mon nom et en celui des familles que
je représente, je recommande à vos soins la sépulture
des nôtres que nous laissons chez vous ; ce sont des victimes de la guerre, ce ne sont plus des ennemis, nos
morts sont frères des vôtres ; je vous demande pour eux
quelques égards.

— Général, lui répondis-je, sous la même croix, les
morts doivent avoir la même protection.

Il me serra la main.

Le lendemain, un officier m'apporta, pour être mise
à la Mairie, une table nécrologique de ces morts avec des
indications qui peuvent très-bien les faire reconnaître
aux parents, s'ils voulaient en faire exhumer pour être

reportés en Prusse, comme cela s'est déjà fait pour l'un d'eux.

Les Allemands suivaient exactement chez nous les pratiques de leur religion. Ils m'avaient demandé où plutôt ils s'étaient emparés de l'église de Saint-Jean. Tous les dimanches ils s'y réunissaient pour écouter un long discours de leur ministre, des lectures de l'Ancien et du Nouveau-Testament. Ils faisaient entendre, en priant, des chants graves accompagnés de l'orgue. Les Prussiens catholiques assistaient à nos offices dans l'église Notre-Dame.

Le jour de Noël est leur grande fête ; ils placent dans l'église un grand sapin, attachent à ses rameaux une quantité de bougies, rubans, chapelets, verroteries, etc. ; le soir ils s'y réunissent dans une grande et pieuse solennité. L'éclat des lumières dans cet arbre féérique, les prières, les chants, les harmonies de l'orgue qu'ils savent toucher, et la musique militaire, en s'alternant, donnent à cette curieuse cérémonie un caractère de joie sainte et de foi naïve.

Cette fête, ils la célèbrent aussi, et, toujours avec l'arbre vert, dans les maisons qui leur offrent le plus d'emplacement ; mais là, ils ajoutent des tables couvertes de confiseries et pâtisseries, de fruits et même de charcuteries qu'ils avaient fait venir d'Allemagne. Ailleurs, d'autres se réunissent pour boire un punch ou de de la bière, sous la présidence d'un chef qui leur adresse une allocution de circonstance. Ils y répondent par des hourras à l'adresse de leur roi.

Dammartin s'était repeuplé. Des maisons, des boutiques s'étaient rouvertes, mais ceux qui y rentraient ne trouvaient plus tout ce qu'ils y avaient laissé : ces

abeilles rencontraient dans la ruche des frelons qui leur
en disputaient l'entrée et en avaient dérobé ou gaspillé
le miel. Je fus souvent obligé d'intervenir pour faire reconnaître les propriétaires, et c'était une faveur quand
ils pouvaient obtenir chez eux un gîte qu'il leur fallait
partager avec l'envahisseur. Le 30 septembre, ils con-
nurent ce que c'était que de loger des Prussiens. Il était
minuit. On cogne à ma porte, on m'appelle. J'étais souffrant ; j'entends un cliquetis d'armes, je me lève, j'ouvre
et je vois rassemblé à ma porte et dans la rue un batail-
lon de 1200 hommes qui arrivait de Crépy. Nous n'étions
pas prévenus. Ma salle de travail fut aussitôt remplie
de chefs, de soldats fatigués, demandant un gîte et du
pain. Je les conduis à la Mairie pour leur distribuer
des billets. Ils ne m'écoutent pas et veulent se loger mi-
litairement.

Je fis battre la caisse pour réveiller les habitants en-
dormis. Des portes, des fenêtres s'ouvrirent ; des
hommes, des femmes y parurent à demi habillés ; les
soldats, impatientés, frappaient à toutes les portes ; ils
en enfoncèrent quelques-unes et s'entassèrent jusqu'au
nombre de cent dans des maisons où je fis porter de la
paille ; les uns y dormirent, les autres y veillèrent bu-
vant et mangeant ; peu d'habitants purent se recoucher,
transis qu'ils étaient de trouble et de frayeur.

Pendant ce temps ma maison était restée ouverte. La
troupe, qui envahissait tout, aurait pu, en mon absence,
pénétrer dans les chambres et porter un mortel effroi à
ma sœur, revenue depuis peu d'émigration. C'était ce
que je craignais. Par un heureux hasard, je retrouvai
ma maison vide, ma sœur alarmée, mais du bruit seulement ; on m'avait soustrait un objet qui ne constituait

qu'un léger larcin et je pardonnai bien volontiers à son soustracteur, heureux d'en être quitte à ce prix.

Notre ville et toutes les routes étaient gardées par des troupes prussiennes. Nul ne pouvait sortir ni voyager sans un laisser-passer. J'étais encombré du matin au soir par ceux qui en avaient besoin. Le commandant les apostillait de confiance.

— Prenez garde, me disait-il, je vous rends responsable pour tous ceux que vous m'adressez.

Il m'arrivait sans cesse des voyageurs de tout pays et de toute condition ; les plus fiers étaient très-humbles alors. Aucun d'eux ne compromit ma responsabilité,

Un jour le commandant me fit convoquer tous les maires du canton pour une réunion qu'il présida, assisté de son adjudant. Il nous dit qu'il était autorisé par son gouvernement à faire un traité avec les communes pour assurer l'alimentation de la troupe. Il offrait un franc par tête, homme et cheval, et la commandanture devait payer tous les dix jours. Les communes, pour ce prix, s'engageaient dans la personne de leur maire à approvisionner à Dammartin un magasin de cette alimentation ; la ration en était réglée ; l'excédant de ce qu'elle coûtait devait être supporté par les communes. Le marché fut accepté à la condition que pour cet objet il ne serait plus fait de réquisition. Une Commission de sept membres fut nommée. Elle se chargea des acquisitions, des approvisionnnements, des fournitures ; elle fonctionna à la satisfaction de tous pendant trois mois. Dans le courant de février, le commandant déclara le traité rompu, cessa de payer, et dit qu'en vertu d'ordre supérieur la même ration serait produite comme auparavant sans autre rétribution que des *bons*. Il eut alors recours à des réqui-

sitions quotidiennes. Chaque commune devait fournir à
son tour une vache, 15 moutons, 13 quintaux de pommes
de terre, 300 bottes de foin, 150 bottes de paille, sauf aux
moindres communes à s'entendre avec les plus fortes,
le réquisitionnaire ne se donnant pas la peine d'établir
des proportions entre elles ni de calculer les sacrifices
selon les moyens ; trois communes vignobles, Montgé,
Cuisy et Saint-Soupplet devaient ajouter une pièce de
vin par jour. Dammartin fournissait en plus le bois, le
pain, le café, la bougie et tout ce qu'exigeaient les ambulances. Cette charge incomba aux habitants jusqu'à la
signature de la paix où des intendances françaises furent
instituées pour les subsistances militaires. Il résulta de
ces fournitures que depuis la fin de septembre jusqu'au
20 mars suivant, la contribution de Dammartin s'éleva
à la somme de cent quatre-vingt-dix-neuf mille trois
cent quarante-neuf francs.

Il y avait encore des réquisitions incessantes de voitures attelées et d'hommes pour des convois en des
lieux plus ou moins éloignés, ce qui était très-onéreux et
très-fatigant pour ceux qui les fournissaient. Il fallait
partir à toute heure, quels que soient le temps et la des-
tination. Dans les ambulances, la caserne et dans toutes
les maisons qu'ils occupaient, les Prussiens exigeaient
et consumèrent, surtout pendant l'hiver, une immense
quantité de bois, ce qui produisit plusieurs incendies de
cheminées. Ils étaient pour la mairie d'une grande su-
jétion. Il fallait à ces messieurs des hommes pour gar-
der leurs bestiaux, creuser des fosses pour leurs morts,
enfouir leurs chevaux, scier et fendre leur bois, nettoyer
leur cour, leurs ambulances, battre l'avoine qu'ils prenaient, curer leurs écuries, faire leurs cercueils, etc. ; il

leur fallait encore des femmes pour blanchir ou racco-
moder leur linge, éplucher leurs pommes de terre, faire
leur cuisine, il les fallait de gré ou de force et c'était la
ville qui les rétribuait par des bons de pain et de viande.
Combien n'en ai-je pas distribués, et quel tourment me
donnait ce personnel qu'il ne m'était pas facile de trouver, car c'était toujours au maire qu'on s'adressait, et il
y avait toujours pour la Mairie de nouveaux embarras
que le secrétaire, le concierge, le garde-champêtre et
moi nous partagions ensemble. Je ne parle pas ici des
déprédations commises dans les champs et les jardins
qui étaient encore considérables.

Il y avait dans deux ambulances des dames prussiennes,
qu'on appelait diaconnesses et qui remplissaient l'office
de religieuses. Mais il y avait également d'autres femmes
légères dont les intentions n'avaient rien de moral. Dieu
sait ce que les premières consumaient en bois, huile,
bougies, café etc., et toujours aux frais de la ville, quoi
que je puisse dire.

Il le faut, me disait-on, ou nous le prenons.

Un jour l'une d'elles, jeune et d'une remarquable
beauté, me fait appeler. Elle parlait difficilement le Français.

— M. le Maire, me dit-elle, cochon.

— Comment?

— Oui, cochon, mossieu, tout de suite.

Et comme je ne comprenais pas, elle me prend la main,
me conduit dans la charbonnière de la maison et me
montre qu'il n'y avait plus de charbon.

— Du charbon, lui dis-je?

— Ia, mossieu, co... charbon, il faut à nous tout de
suite.

C'était ce qu'elle voulait. Je voulus souvent me refuser à ces fournitures ; alors il m'arrivait par un gendarme un ordre impérieux du commandant, qui, en cas de refus, condamnait la Mairie de cinq cents francs à mille francs d'amende, à une contrainte par corps, à une réquisition par la force, etc., et ces menaces n'étaient pas seulement comminatoires, on l'a vu lors des contributions pécuniaires ; le commandant les exigeait. J'objectai que les fortunes étaient absentes, que les habitants étaient ruinés par les charges qu'ils supportaient depuis longtemps, que personne n'avait d'argent ; il me dit qu'il en saurait bien trouver, qu'il en avait l'ordre, le droit, et au besoin la force, il insista pour que j'avertisse mes concitoyens. Je fis un appel.

Chacun apporta de ses contributions ce qu'il crut devoir. La Mairie reçut, le 22 février, quatre mille francs (il en fallait trente-trois mille) ; ils furent versés à la commandanture qui trouva cette somme insuffisante ; le commandant, dès son arrivée, s'était fait remettre un état de la population du pays ; il avait ses espions et connaissait mieux que moi la position de chacun. Le lendemain il fit arrêter et comparaître devant lui cinq notables de la ville et, trouvant que leur cotisation n'était pas en rapport avec leurs moyens de fortune, les menaça, s'ils ne l'augmentaient, de les constituer prisonniers. Ils s'y refusèrent et il les retint. Il demanda au percepteur le rôle des contributions. Celui-ci ne put le donner ; il le fit enfermer. J'étais indigné ; je demandai à voir nos prisonniers : ils étaient dans une salle dont l'entrée, gardée par un factionnaire, était aussi interdite à tous que la sortie. J'obtins pourtant d'y être introduit. L'interprète du commandant m'y accompagna.

— Monsieur, lui dis-je, en présence des nôtres, vos procédés sont infâmes ; voilà six mois que nous nous épuisons pour pourvoir à vos besoins, nous sommes ruinés par vos réquisitions, spoliés, insultés, humiliés par vos soldats; nous nous privons du nécessaire pour vous donner le superflu, nous vous logeons, nous nous sacrifions pour vous, et c'est ainsi que vous nous traitez ; cela est indigne d'un peuple qui se dit civilisé. Pour moi j'en suis révolté ; dites à votre chef que je me rends prisonnier avec ces messieurs, s'ils restent ici ; j'aime mieux renoncer à la mairie de mon pays que de servir les geôliers de mes compatriotes.

L'interprète fit son rapport. Le commandant était irrité. Il me fit dire que pour le présent il n'exigeait pas toute la somme, mais au moins la moitié, qu'il était forcé à cette exigence, qu'autrement il aurait recours contre tous aux rigueurs militaires et qu'il saurait bien se faire payer. Je sus que son intention était de faire de nouvelles arrestations, d'envoyer au loin ses prisonniers, et au besoin de se payer par ses mains. Le danger devenait imminent. Je fis un second appel ainsi conçu :

« Le Maire de Dammartin informe les habitants qu'ils sont menacés de rigueurs militaires, au sujet des contributions exigées par l'autorité prussienne ; il invite ceux de ses concitoyens qui n'ont rien payé encore à verser à la Mairie ce qu'ils pourront d'argent pour acquitter la ville et les habitants, et les préserver de la spoliation à laquelle ils sont exposés. »

Un grand nombre de contribuables répondirent à ce second appel. La Mairie reçut sept mille cent quatre-vingt-six francs, ce qui, avec les quatre mille de la veille, ne donnait encore que onze mille cent quatre-vingt-six francs (ce n'était pas encore la moitié). Le commandant en donna un reçu. Nos prisonniers furent libres. Arriva ensuite un décret, un peu tardif, du gouvernement français, qui disait que l'ennemi ne pouvait ni ne devait plus lever d'impôt en argent. mais déjà beaucoup de communes avaient payé plus ou moins.

Des passages continuels de troupes allemandes ajoutaient encore pour nous aux charges, aux difficultés des logements militaires; il n'y avait pas que ces troupes que nous eussions le malheur de voir : nous avions encore des passages de prisonniers français; il nous en vint une fois douze cents. Ces pauvres soldats, cernés, accablés par le nombre dans un combat sous les murs de Paris, avaient été forcés de se rendre; ils marchaient sous une nombreuse escorte. Ils couchèrent dans nos deux églises où les habitants s'empressèrent de leur porter des vivres, des rafraîchissements dont ils avaient grand besoin. Les officiers frémissaient de rage. Le lendemain ils partirent pour être transférés en Prusse. Je reçus de quelques-uns de ces malheureux des lettres datées d'Allemagne, où ils m'exprimaient leur reconnaissance de ce que les habitants avaient fait pour eux. D'autres leur succédèrent; tous reçurent de nous le même accueil et emportèrent de notre ville un souvenir qui fait honneur à son patriotisme et à sa philanthropique humanité.

Le 10 mars 1871, les prussiens proclamèrent à Dammartin l'avènement à l'Empire de leur roi Guillaume. Toute la garnison, en grande tenue, était réunie sur la place et formait un vaste cercle au centre duquel se groupaient l'état-major et des officiers de tous grades et de toutes armes. Il y avait des wurtembergeois, des hanovriens, des bavarois, des danois, de la landwher. La musique fit entendre ses fanfares ; le général lut une proclamation du nouvel empereur qui fut accueillie par des hourras et couverte d'applaudissements. Pendant ce temps, quatre cents de nos pauvres prisonniers étaient enfermés dans l'église de Notre-Dame. Ces captifs pouvaient entendre ce triomphe qui contrastait avec leur malheur. Les prussiens, il faut le dire, n'insultèrent jamais à cette infortune ; ils aimaient à la voir soulager et s'y prêtaient volontiers.

Un peu plus tard, ils célébrèrent la saint Guillaume, fête de leur empereur. Ils avaient placé dans l'embrasure d'une fenêtre, presque en face de l'Hôtel-de-Ville, un grand trophée d'armes et un tableau où leur aigle, qui n'avait plus qu'une tête, était couronné d'un double diadème et encadré de lauriers ; au-dessous était en allemand une inscription laudative. Ils avaient illuminé toutes les fenêtres, toutes les façades des maisons qu'ils occupaient ; des milliers de bougies, de lanternes de toutes couleurs répandaient un jour éblouissant. Ils firent dans les rues, escortés de leur musique, une promenade aux flambeaux ; les habitants voyaient cette fête avec indifférence et n'y prenaient aucune part. Souvent ils donnaient devant la Mairie ou sur la place de l'Eglise des concerts que tout le monde entendait, mais que personne n'allait écouter. Ils avaient fait de nos belles promenades un hippodrome où ils lançaient leurs chevaux et un champ de manœuvres pour leurs soldats. C'était là qu'ils se réunissaient pour les grandes revues. On admirait leur belle tenue ; mais ces soldats, toujours si propres sous les armes, étaient dans leurs logements d'une malpropreté dégoûtante ; il leur manquait l'esprit d'ordre et de rangement. Il en était qui faisaient le mal pour l'unique plaisir de mal faire. J'ai vu des débris d'objets d'arts et d'utilité qui dénotaient une aveugle méchanceté. Il y avait peu de maisons où, après leur départ, il n'y eut des tas d'immondices à enlever.

La chasse était prohibée, mais les prussiens n'avaient pas besoin de permis ; ils allaient chasser le cerf dans les bois d'Ermenonville, le faisan dans le parc de Châlis, le lièvre partout, et quand nous en étions réduits à la pomme de terre et au cidre, messieurs les officiers faisaient surabonder sur leur table les plus beaux gibiers de nos plaines et le meilleur vin de nos caves.

Le printemps revenait. Nos campagnes se couvraient de verdure et de fleurs ; les prussiens les admiraient.

— Quel beau pays que le vôtre ! me disait un des leurs, quelle richesse ! quel magnifique tableau ! mille attraits en sont le charme.

— Et vous, Messieurs, lui dis-je, vous en êtes l'ombre.

— Cette ombre s'éclaircira, me répondit-il.

Il y avait dans les soldats d'excellents cœurs.

J'en ai vu partageant leur mince ration avec les pauvres gens qui les logeaient ; ils les aidaient dans leurs travaux, évitaient de les gêner, allaient avec eux dans les champs et caressaient leurs petits enfants ; ils prenaient leurs intérêts, quelquefois leur défense et laissaient des regrets en s'en allant, mais il s'en fallait bien que tous fussent de même.

Les allemands avaient établi à Reims le siége d'un gouvernement. De là, partaient les ordres, les proclamations pour les départements envahis: Ils y avaient une imprimerie et un journal que toutes les Mairies re-

cevaient deux fois par semaine, moyennant deux francs
par mois. Ils répondaient par ce journal aux plaintes qui
s'élevaient contre eux et s'en justifiaient en démontrant à
leur manière qu'ils ne faisaient qu'user comme vainqueurs
d'un droit dont, en 1806, nous avions abusé chez eux.

— Mais, leur disais-je, la civilisation a marché depuis
ce temps, nous avons fait la guerre aussi victorieuse-
ment et plus généreusement que vous.

— C'est que vous pouviez agir ainsi ; mais pourquoi
venir nous troubler, vous nous forcez à la guerre, à
quitter nos champs, nos affaires, nos familles, vous nous
tuez et blessez 150,000 hommes, et quand nous nous dé-
fendons, quand la force seconde notre droit, vous nous
reprochez d'en user ! Tout cela est malheureux pour
vous et pour nous ; mais qui donc a provoqué ce
malheur ?

J'avoue que je n'étais pas assez habile politique pour
retorquer ce simple argument ; un autre n'eut pas été
embarrassé pour prouver que c'était la Prusse qui avait
provoqué, car, même quand on a tort, les raisons ne
manquent jamais à qui veut avoir raison.

Il ne se passait pas un jour que je ne reçusse de la
commandanture un ordre impératif pour une réquisition, une fourniture, une police. Toujours de nouvelles
demandes et souvent impuissance d'y répondre. Une
fois, l'ordre m'est donné de désigner quatre notables du
pays pour monter sur les locomotives. Et ce, parce que
la ligne du chemin de fer avait été coupée à divers en-
droits. L'ordre était formel, il fallait se résigner. Nous
étions réunis au nombre d'une vingtaine pour cet objet
et nous allions nous en rapporter au sort, quand le
commandant, qui avait réfléchi sans doute, nous fit sa-

voir par écrit qu'en reconnaissance des bons procédés de là Mairie et des habitants, il prenait sur lui de nous dispenser de ce périlleux service. Ce fut pour nous une véritable faveur.

Enfin arriva ce jour tant désiré et tant attendu où des placards moitié allemands, moitié français, devaient être remplacés par des affiches de notre gouvernement ; elles annonçaient le traité de paix et l'éloignement, dans un prochain délai, des troupes allemandes. Déjà la caserne, des ambulances étaient évacuées ; la poste, la télégraphie, la gendarmerie, la commandanture enfin les suivirent. Le commandant vint me faire ses adieux. Il y avait huit mois que nous étions dans des rapports continuels. C'était un homme un peu vif, absolu, tenant ferme l'autorité de commandant d'étape, mais juste et bon au fond ; il avait de singulières originalités.

— Monsieur, me dit-il un jour, d'un ton sévère, vous n'avez pas exécuté mes ordres sur la défense de laisser circuler dans la ville avant le lever et après le coucher du soleil ; pourquoi donnez-vous à mes soldats du vin, du café de mauvaise qualité ? Pourquoi ne donnez-vous pas à nos ambulances tout le bois, le charbon qu'on vous demande ?

— Monsieur le commandant, parce que cela n'est pas toujours possible.

— Eh bien, promettez-moi de mieux faire.

— Je ne puis pas vous le promettre.

— Ah ! c'est que vous ne le voulez pas ; eh bien, monsieur le maire, vous êtes mon prisonnier.

— D'accord, commandant.

Il me retint environ une heure. Cependant on me demandait à la Mairie. Mon fils vint me chercher.

— Je ne puis sortir, lui dis-je, je suis prisonnier.

Le commandant était là. Non, non, dit-il, en me frappant sur l'épaule ; allez, vous êtes un bon magistrat.

Une autre fois on faisait de la musique dans son salon, il m'y conduit et m'offre un siége. J'en eus bientôt assez de cette musique de cuivre, plus étourdissante que récréative, exécutée cependant par de bons artistes ; je voulus me retirer.

— Restez, me dit-il, je vous fais encore mon prisonnier.

— Eh bien ! commandant, lui dis-je à la fin du morceau, ai-je ma grâce ?

Il me serra la main en me disant : allez en paix.

— Donnez-nous là ? lui répondis-je.

Il avait pour adjudant un homme qui fut chef de la commandanture de la gare de Saint-Mard. C'était un officier distingué par sa naissance, et se faisant remarquer par ses manières courtoises et son esprit de justice. Il perdit sa femme pendant son séjour dans notre ville. Il obtint une permission pour retourner en Prusse et revint bientôt à son poste, sacrifiant ainsi ses intérêts de famille, ses affections de cœur à ses devoirs de soldat.

Le jour de Noël, le commandant me demande la clef du clocher.

— Je veux, me dit-il, que la musique y monte et que les cloches sonnent pour le réveil d'un si beau jour

— Et moi, lui dis-je, je ne le veux pas.

— Comment ?

— Parce que, par l'ordre du commandant, il m'est défendu de laisser sonner les cloches le matin et le soir.

Il sourit, et il n'y eut le matin ni musique, ni sonnerie.

Connaissant peu notre langue, il avait eu plusieurs interprètes : le dernier, nommé Glasser, était un tout jeune homme très-instruit, parlant bien le français et dont j'ai eu souvent à me louer. Ils partirent ensemble au commencement de juin pour la commandanture de Creil (Oise).

Il n'y avait plus à Dammartin que 600 hommes sous la conduite d'un capitaine et logés à demeure chez les habitants ; on s'y résignait. Voilà que des employés de l'administration prussienne viennent un jour rétablir la télégraphie, les ambulances. Il fallut reporter des meubles, des lits, du bois, etc.; mais ils ne restèrent que quelques jours et nous respirâmes.

Presque tous nos émigrés étaient rentrés chez eux, ils y retrouvaient les embarras qu'ils avaient voulu fuir ; la plupart n'avait plus de literie et ils avaient des logements militaires, de là, mécontentement, discorde, plainte à la Mairie, qui avait fort à faire pour tout concilier ; mais ces embarras nous inquiétaient bien moins que ce qui se passait à Paris. Cinq cent mille prussiens l'entouraient encore La paix avait ouvert ses portes, l'insurrection les referma. Au canon du siége avait succédé le canon de la révolte. Nous entendions avec terreur ses rugissements homicides. Les nouvelles de notre malheureuse capitale devenaient chaque jour plus alarmantes, la province était encombrée de ses émigrés. La crainte des fédérés était telle chez nous qu'on se félicitait de l'occupation allemande qui nous en préservait et maintenait dans la ville un ordre qui pouvait être troublé.

Quoi que nous ayons eu à souffrir des prussiens, nous

leur devons ce témoignage que nous n'avons aucun désastre grave, aucun sinistre volontaire à leur reprocher. En dehors des charges qu'ils nous imposaient et de quelques déprédations ; il n'y a eu chez nous ni pillage, ni saccage autorisés ; il y eut, au contraire, des méfaits réprimés ; les maisons, sauf quelques légères dégradations, sont restées intactes, la propriété n'a guère souffert que dans sa partie mobilière. Aucune femme n'a été insultée. En général les prussiens respectaient le sexe et l'autorité ; la tranquillité a toujours été maintenue. Il y avait, par l'ordre du commandant, des gendarmes pour le jour, des patrouilles pour la nuit, et nos nuits étaient paisibles.

Il faut dire que ces messieurs prenaient ces précautions moins pour nous que pour eux : Ils étaient sur leur garde comme en pays ennemi, les plus braves n'étaient pas les moins timorés, ils ne voulaient pas loger dans les maisons à l'écart ; ils craignaient l'isolement.

Un jour, un capitaine devait loger dans une maison *extra muros*; c'était la seule disponible. Il me pria de l'y accompagner. Il voulut que je la visitasse avec lui de bas en haut, et quoi qu'il n'y eût rien à craindre et qu'il fût bien armé, il ne voulut pas y coucher.

Une autre fois, à sept heures du soir, le clairon d'alarme se fait entendre, toute la troupe se rassemble, le général arrive, l'alerte se répand, la garnison prend les armes, les soldats courent épouvantés ; on se disposait à une défense ou à une retraite. Le courrier de la malle-poste venait de déposer à la commandanture que des francs-tireurs avaient tiré sur lui au bas de la montagne. On craignait une attaque.

Cela est compromettant pour votre ville, me dit un officier. Faites rentrer les habitants, que chacun reste chez soi et laissez-nous faire.

Bientôt tout fut éclairci. Il se trouva qu'il n'y avait pas de francs-tireurs et que les coups de fusil du courrier de poste n'étaient autre chose que ceux des prussiens qui avaient blessé le cabaretier Brot et tué le maire Noblat au bas de la montagne. Voilà ce qui causait une épouvante qui devait nous affecter bien plus que ces messieurs.

Enfin, grâce au courage d'une armée fidèle et d'un homme d'une haute intelligence, d'un dévouement héroïque, la révolte était vaincue, laissant de ses barbaries des traces horribles, des victimes à jamais regrettables. Tout rentra dans l'ordre ; les conseils municipaux furent élus.

M. de Montbrun, après dix-huit ans d'administration, avait donné sa démission de maire de Dammartin. Il y avait dix mois que j'en remplissais les fonctions comme adjoint. Le nouveau Conseil élit comme maire un homme digne sous tout rapport — M. Eugène Hémar — et moi comme adjoint encore.

Le tribunal de paix, la gendarmerie furent réinstallés sous la direction surveillante de M. Vincent, juge de paix, et de M. Poignard, brigadier. Ces fonctionnaires exercèrent une police d'urgence; ils sévirent contre les fauteurs de l'ordre, contre les soustracteurs, et firent succéder le régime de la loi qui protége à celui de la force qui opprime.

Une enquête fut ordonnée pour mettre à la connaissance du gouvernement les dommages et pertes de chacun. Ils s'élevèrent pour notre ville à la somme de sept cent soixante-neuf mille francs, y compris les réquisitions et contributions de toute nature, et pour le canton à celle de près de six millions.

Après l'évacuation, un ordre de la Mairie avait invité les habitants à y reporter tous les objets que les prussien avaient transportés et laissés chez eux : il y en avait de toutes sortes et des pays voisins comme il y en avait de chez nous dans ces pays. J'avais pris tous les soins possibles pour ce que renfermaient les ambulances, la caserne et autres lieux ; à un jour indiqué, chacun vint reconnaître ce qu'il retrouvait de ce qu'on lui avait enlevé. C'étaient comme des épaves de ce que le flot envahisseur n'avait pas englouti. Les châteaux de Mortefontaine, Châlis, Ermenonville, Lagny - le - Sec, les communes de Juilly, de Nanteuil, de Longpérier purent ainsi recueillir plus qu'ils n'espéraient, mais beaucoup moins que ce qu'ils regrettaient en literie, lingerie. etc. M. de Girardin fut très-heureux de retrouver dans l'ambulance de la maison Hémar une couchette de fer d'un beau travail, espèce de lit de camp portatif qui avait servi à Napoléon Ier dans ses campagnes de Prusse. Certes, les prussiens ne l'eussent pas laissée si ce fait leur eut été révélé. Sur ce lit, peut-être, avait été conçu ou médité le plan des batailles qui les avaient vaincus. D'autres personnes, peu scrupuleuses, surent trouver des compensations à ce qui leur manquait. En somme tout le monde avait perdu ; c'était le sort de la guerre, il n'en pouvait être autrement. Hélas ! que n'ai-je perdu que comme les autres ! je n'irais pas aujourd'hui le demander à une tombe !

Maintenant tout se rétablit, se répare, la paix panse les plaies de la guerre, la confiance naît de la sécurité, le commerce, les arts, l'industrie, les travaux ont repris leur cours, l'agriculteur sa charrue et ses comices. Nous paierons notre dette, nous affranchirons notre belle patrie de l'ennemi qui l'humilie, et de cette fatale guerre il ne restera qu'un ressentiment que la France conserve et que la Prusse doit craindre.

LES AMBULANCES

Les maisons de Dammartin où des ambulances ont été établies sont celles de l'Hospice, du Collége, de Gèvres, de MM. Landry, Labarthe, Hémar, Lefèvre, Paucheret, Pellart, Moreau fils, Dupille, Seigneur, Rodier, Berson et Dagbert.

Celles qui ont le plus souffert de dommages sont celles de MM. Moireau, Huot, Moreau père, Domage, Ronsin, Faivre, Bouvier, Trochon, Rimbert, Barbou (Emile), Emery, Parfait, Boujard, et de Mmes Marest, Sennelier, Hubert, Croizier, Cochu.

ÉTAT

DE CE QU'A COUTÉ L'INVASION ALLEMANDE

à chaque commune du canton de Dammartin

D'APRÈS LES CHIFFRES DE L'ENQUÊTE

———————

1. — Cuisy	27,986 f.	50 c.
2. — Dammartin.	768,719	36
3. — Forfry.	90,888	45
4. — Gèvres	71,405	50
5. — Juilly	138,441	26
6. — Le Mesnil.	981,885	»
7. — Le Plessis-l'Evêque . .	45,662	96
8. — Longpérier	158,514	»
9. — Mauregard	230,866	78
10. — Marchémoret.	45,613	»
11. — Montgé	137,713	»
12. — Monthyon	146,414	40
13. — Moussy-le-Neuf	327,324	»
14. — Moussy-le-Vieux . . .	320,546	»
15. — Oisery.	71,482	50
16. — Othis	138,891	60
17. — Rouvres.	90,240	30
18. — Saint-Mard.	155,563	»

A reporter. . . . . 3,948,157 f. 61 c.

Report	3,948,157 f.	61 c.
19. — Saint-Pathus.	71,025	»
20. — Saint-Soupplet.	200,051	62
21. — Thieux	398,587	»
22. — Villeneuve	488,911	»
23. — Vinantes	45,037	10
Total.	5,151,769 f.	33 c.

On voit par ce résumé, comparé à ceux des autres cantons, que celui de Dammartin est l'un de ceux qui ont le plus souffert de l'invasion allemande dans Seine-et-Marne.

PIÈCES DIVERSES

LE DOIGT DE DIEU

DANS LES ÉVÉNEMENTS DU JOUR

S'il est dans l'histoire des peuples une époque où le doigt de Dieu soit visible, n'est-ce pas dans celle où nous vivons? Il y a quelque chose de fatal, de nécessaire peut-être, dans ces monarchies qui croulent, dans ces dynasties qui s'éteignent, dans ces révolutions, dans cette fièvre des idées qui troublent, qui agitent le monde social.

Mais dans ces bouleversements où nous ne voyons que des mutations de gouvernement, Dieu voit la marche de l'humanité vers le but qu'il lui a marqué, et auquel nous concourons sans le savoir, et ce but c'est la perfection de son œuvre pour la rendre plus digne de lui.

C'est donc pour l'enfantement d'un monde meilleur que le monde social souffre en ce moment; nous sommes dans ce chemin difficile qui conduit à la terre promise; qu'importent les dangers du passage si la colonne de feu est devant nous?

Les révolutions sont à la société ce que les orages sont au

ciel : c'est en le troublant qu'ils l'épurent, et toujours, dominant les nuages, apparaît un soleil qui ramène un jour plus beau. Ce jour, il a éclairé pour nous l'abolition des abus sous Mirabeau, les trophées de la gloire sous Napoléon Ier, la charte ou les droits du citoyen sous Louis XVIII, les merveilles du génie et des arts sous Louis-Philippe, la régénération sociale sous Lamartine ; toujours la fécondité après l'orage, le peuple qui prospère après le joug qui opprime.

En vain la société bout sur le cratère des révolutions, en vain son flot menaçant vous jette des Robespierre, des Marat, des Joseph-le-Bon, ne craignez rien, Dieu est là ; il fait surgir, pour les combattre, des Sieyès, des Bailly, des Barnave, des Démoulins, des Vergniaud, il arme au besoin une Charlotte Corday et la société est vengée ; il se sert d'un homme de sang dans le monde social comme d'un volcan de feu dans le monde physique, mais toujours il les subordonne à l'ordre général : c'est des contrastes qu'il tire l'harmonie.

La providence s'est manifestée dans nos révolutions : deux puissants génies y présidaient, l'un, portait le drapeau rouge ; l'autre, le drapeau tricolore. Celui-ci veut maintenir la société en la régénérant sur ses bases antiques, parce qu'il la croit dans le vrai ; celui-là veut l'abolir et la refondre, parce qu'il la croit dans le faux ; et comme la vérité est une, il faut qu'il y en ait un qui se trompe ; en attendant, le sang coule, le désordre est partout et dans tout, la loi est sans force, vous croyez que la France va périr ; mais voici le doigt de Dieu : le génie tricolore se personnifie dans Cavaignac, dans Lamartine, dans Marast, aujourd'hui dans Thiers, dans Mac-Mahon ; il lutte contre son rival, il dompte l'anarchie, la démagogie, la barbarie ; il défend l'ordre, la propriété, la souveraineté du peuple, il consolide la République, il triomphe du génie du mal et la France est sauvée encore une fois.

Oui, Dieu suit ses desseins dans ces grandes perturbations. C'est par ces crises qu'il retrempe un peuple ; c'est par ces leçons qu'il l'instruit et le mène à son but. Pour moi, je crois trop en lui pour ne pas le reconnaître dans ce que je vois, et j'ai trop de foi dans notre belle France, quelle qu'affligée qu'elle soit, pour désespérer jamais de la gloire et du salut de mon pays.

LE SECRÉTAIRE DE LA MAIRIE

Il est à la commune un homme qui toujours écrit et jamais ne signe, qui est l'âme de son bureau sans être le membre d'aucun corps, dont les actes figurent dans tout et la personne dans rien, qui conseille sans titre et rédige sans responsabilité : cet homme c'est le secrétaire de la Mairie; il est peu ambitieux, il a de l'ordre, de l'intelligence, de l'exactitude. Appliqué à son travail, il réfléchit plus qu'il ne parle ; sa pensée est dans sa mémoire, son expression dans sa plume, et loin de se répandre dans le monde, il recherche le calme nécessaire à sa profession.

Si le garde champêtre est le pied du Maire, si le gendarme en est le bras, on peut dire que le secrétaire en est l'esprit ; il le conseille et le dirige en bien des choses, il est entre lui et les habitants ce que ce fonctionnaire est entre la commune et le Sous-Préfet.

Le secrétaire, moins mobile que le Maire, est ordinairement plus ancien que lui à la municipalité, il en a plus d'expérience, plus d'étude, et la connaît mieux. Aussi est-ce presque toujours à lui qu'on s'adresse pour toute affaire administrative. Personne mieux que lui ne connaît les délibérations du Conseil, les arrêtés de police et le Bulletin des lois. La mercuriale des grains, le budget de la commune, les contributions de chacun, le chiffre des prestations, sont dans sa mémoire comme sur ses registres. Mieux qu'un autre il sait la liste des électeurs, le contrôle de la garde nationale, le nombre des maisons, des habitants, des propriétaires et des indigents, l'étendue, le produit du terroir et les opérations du cadastre. C'est à lui que s'adressent le passant nécessiteux pour l'indemnité de route, l'ouvrier pour le livret, le voyageur pour le passeport, le chasseur pour le port-d'armes, le fonctionnaire pour le renseignement ; il délivre les pièces et le maire signe de confiance.

Il n'en peut être autrement là où ce magistrat, souvent renouvelé, quelquefois étranger à la localité, ou préoccupé de ses affaires, néglige celles de la commune; ou manque, pour la bien administrer, de connaissances qu'il ne prend ni le temps, ni la peine d'acquérir. Il en a bien assez souvent de présider le conseil, recevoir un préfet, faire un mariage, figurer en toute cérémonie publique et subir, à ses dépens, la représentation et les honneurs. Cependant il est des maires qui, se dévouant à leur pays, entrent dans tous les détails de leur administration et s'en occupent activement ; ceux-là, quand ils remplissent bien leur mission, ont bien mérité de la commune et de l'Etat ; et, comme je l'ai dit dans un article sur le Maire, si, quand ils ont blanchi sous l'écharpe, ils ne sont pas entourés de considération et de reconnaissance, il faut qu'ils aient péché par quelque endroit, ou qu'ils aient servi un public ingrat.

Chargé de la correspondance administrative, le secrétaire voit arriver à son bureau des lettres officielles, particulières, confidentielles. Il y répond selon ses lumières et l'opinion du Maire, et si ce magistrat donne le fond, qui fait l'intérêt de la réponse, le secrétaire donne le style qui en fait l'ornement. Obligé qu'il est de rédiger, séance tenante, des délibérations compliquées ou contentieuses, d'énoncer les considérants, d'analyser les faits, d'expliquer les motifs, de résumer les conclusions, il faut qu'il soit doué d'une grande habileté de plume et d'une certaine facilité de diction. Les actes, les archives et tous les papiers de la Mairie sont confiés à sa garde et placés sous sa surveillance. C'est lui qui tient les registres où s'inscrivent les trois grandes époques de la vie : la naissance, le mariage et la mort. Il inscrit pour la conscription le jeune homme pour qui le cadran de son répertoire a marqué vingt années, et quelquefois pour la tombe la jeune vierge qu'à sa naissance il inscrivit pour le berceau. C'est lui qui, le jour du mariage, met à la main tremblante de la nouvelle épouse la plume qui signe l'acte d'une union irrévocable, et, au jour du deuil, le registre qu'un bon fils mouille de ses larmes en signant le décès d'un père ; quelquefois, c'est un parent dont il constate le malheur, un ami dont son acte fait la joie. Il voit la vie dans toutes ses vicissitudes, l'humanité sous toutes ses phases.

Quelquefois aussi, il dénoue ses vieilles liasses pour la recherche d'une généalogie, il ouvre ces cahiers vermoulus dont les premiers remontent au commencement du XVIe siècle. Ce n'est que sous François Ier que chaque paroisse en France eut un registre pour l'inscription régulière des baptêmes, mariages et enterrements. Il déchiffre avec peine ces actes en quelques lignes, écrits par un prêtre, d'abord en latin, puis en français gothique, et couverts encore de la poudre de leur siècle. Il y trouve des mentions d'anciens habitants dont la cendre même n'existe plus, et de personnages dont le nom effacé depuis longtemps sur leur tombe, vit encore dans leurs descendants Dans ces actes qui énoncent les qualités et profession de chacun, il voit les caprices de la fortune par la comparaison qu'il peut faire des pères et des enfants, et quand il a exhumé de son néant le vieux mort qu'il cherchait, il rattache ensemble tous ces jours d'une année, toutes ces années d'un siècle déjà englouti dans le passé, perdu dans l'oubli ; il remet dans leur case ces minutes séculaires dont chaque jour le temps avarie une page, ronge un mot, efface une ligne, dont les actes ne sont plus que des inscriptions de passage dans la vie, les tables qu'une nécrologie, où çà et là une rare signature donne un nom à quelque cendre de cimetière, et qui n'ont plus d'intérêt que pour ceux qui trouvent dans ce nom un sujet d'orgueil ou d'humiliation.

Si le secrétaire n'est pas seulement une machine à écrire, un bras sans tête, si, au talent de l'homme de bureau, il réunit l'instruction du savant, les goûts, la curiosité de l'homme de lettres, alors il explore, il feuillette ce que possède encore la Mairie de parchemins armoriés, d'archives, de documents donnant des notions intéressantes sur l'antiquité ou l'histoire du pays.

Mais ces renseignements sont difficiles à trouver dans nos Mairies : les révolutions ont effacé jusque sur la pierre les traces de l'histoire et le souvenir du passé, et s'il en reste encore quelque vestige, le secrétaire n'a guère le temps de s'en occuper ; la bureaucratie municipale, toujours surchargée d'écritures souvent plus occupantes qu'urgentes, absorbe tout son temps. Adjoint, Maire depuis trente ans dans ma ville natale, je me suis trouvé dans des circonstances où j'avais à remplir seul les fonctions de Maire, de ministère public, de commissaire de police et de secrétaire, et mieux qu'un autre, peut-être, j'ai pu apprécier ce qu'a d'occupant le bureau d'une Mairie.

Le passage des troupes, les logements militaires, les lettres d'avis aux Maires, la juste et impartiale répartition des charges sont dans la spécialité du secrétaire. C'est toujours à lui que s'adressent la réclamation du soldat, l'observation de l'habitant. Son devoir est d'écouter toute plainte, toute réclamation, son habileté, qu'il n'y en ait pas.

Dans notre époque où tout est si changeant, si variable, le secrétaire, qui ne change pas, a vu souvent dans sa Mairie changer la couleur du drapeau, de l'écharpe, de l'opinion. Quant à la sienne, elle ne peut être ostensiblement que celle du jour. Il a rassemblé ces fleurs de lys, ce coq gaulois, ces lances constitutionnelles, ces abeilles symboliques, ces bustes royaux, républicains, impériaux, emblèmes jadis révérés de ces gouvernements que des révolutions font surgir et tomber tour à tour ; il les a rangés sur les rayons de ses archives comme le temps les a classés dans les annales de l'histoire et sur les tablettes fugitives du passé.

Les émoluments du secrétaire et le produit de ses expéditions tarifées à trente centimes par acte varient selon l'importance de la localité, mais quand il n'y joint pas autre chose, ils se renferment ordinairement dans des limites qui ne lui permettent pas de s'enrichir : il y a donc aussi du dévouement dans les fonctions qu'il remplit.

J'en connais un en qui ce dévouement est exemplaire : resté seul d'autorité dans notre ville pendant la dernière et calamiteuse invasion, je me suis bien trouvé de l'avoir pour conseil et collaborateur ; les services qu'il rend à la Mairie et au public depuis trente ans lui ont fait bien mériter du pays. Un Maire est heureux quand il a pour auxiliaire un homme de son intelligence et de sa capacité.

Enfin est arrivée pour le secrétaire l'heure de la retraite, il quitte avec honneur, mais non sans regret, ce bureau où il usa tant de plumes, ce fauteuil où ses cheveux ont blanchi, ces registres où tant d'actes le rappellent dans son écriture, dans ses calculs, dans son talent sans montrer sans nom ; cette Mairie où il était si habitué, si connu, si nécessaire ; et en attendant la retraite de la tombe, il se retire dans ses foyers, fatigué d'un long travail, libéré de sa dette sociale, pauvre de fortune, mais riche de l'estime publique et de la considération de l'Autorité.

Tel est le secrétaire de la Mairie.

LA CHASSE

La chasse est d'un usage très-ancien ; elle existait au temps
d'Esaü. Les Thésée, les Hercule, les Nemrod, les Milon de
Crotone, les Hyppolyte de Trézènes n'étaient que des chasseurs
illustres qui purgeaient le monde des monstres qui l'infestaient.

Je ne m'inquiète pas, avec Plutarque, si le premier homme
qui préféra la chair au gland fut le premier barbare, ni si l'habitude de tuer rend le cœur plus dur et l'homme plus sauvage,
ni, avec Rousseau, si c'est pour cela qu'en Angleterre les chi-
rurgiens ni les bouchers ne pouvaient être jurés ; je vois que nos
chasseurs d'aujourd'hui, qui se moquent de Plutarque, re-
grettent plus de manquer que de tuer leur gibier, qu'ils le
mangent sans crainte, le digèrent sans remords et n'en sont pas
moins de très-bons citoyens.

En cette saison, ils abondent dans nos plaines ; on n'y entend
que le tube qui tonne, le chien qui aboye, la perdrix qui crie ;
le promeneur qui rêve et l'oiseau qui chante n'y ont plus d'abri
sûr. Parmi cette foule de chasseurs, il en est pour qui le gibier
est invulnérable ; ils le payent cher dans l'adresse d'un autre,
qu'importe. Ils s'abreuvent de grand air, espacent la plaine,
gagnent de l'appétit, bannissent l'ennui, le rhumatisme. Au
retour, ils vont raconter les belles parties qu'ils ont faites,

combien de coups de maître, de pièces, de battues, et tuer en paroles tout le gibier qu'ils ont manqué, c'est tout ce qu'ils veulent.

Si je croyais flatter les dames, je leur dirais que leur sexe, qui a donné tant de preuves de valeur, d'héroïsme dans les champs de Mars, en donne aussi d'adresse et d'agilité dans l'empire de Diane ; je leur en citerais plus d'un exemple. Mais si je passe à l'homme l'exercice de la chasse et le triste plaisir de tuer, je ne l'aime pas dans la femme ; le fusil ne lui sied pas plus que la cigarette et le pantalon. Les femmes, ces aimables sources de vie, ne sont pas faites pour donner la mort ; quand elles veulent vaincre, ce n'est pas dans leurs mains que sont leurs armes les plus redoutables.

Moi, qui de ma vie, n'ai tiré un coup de fusil, et tué que des insectes, sans être partisan de cette adresse qui tue, j'aime à voir une belle partie de chasse. M. Schikler, à Mortefontaine, et M. le duc de Bourbon, dans nos parages, nous en ont souvent donné le spectacle. M. Schikler chassait le daim, le loup, le renard ; M. le duc de Bourbon, le cerf, le chevreuil, le sanglier. Il était difficile qu'une ardeur égale entre deux héros de la chasse, si voisins l'un de l'autre, n'amenât pas quelque rivalité ; M. Schikler oubliait souvent le daim pour le chevreuil et ses dépendances pour celles du prince. Un jour, passant à Chantilly, il fit défiler son bel équipage de chasse et sonner ses fanfares sous les fenêtres de Son Altesse ; les grands sont susceptibles ; le prince s'en souvint : Mortefontaine fut à vendre, il l'acheta ; quelque temps après, il acheta la jouissance viagère d'Ermenonville et se débarrassa ainsi d'un voisinage importun.

On sait que ce prince était le chasseur le plus vigilant, le plus infatigable de son époque ; l'âge ni les saisons n'avaient pas d'obstacles pour lui ; ses équipages étaient magnifiques. On estimait à soixante mille francs par an l'indemnité qu'il

payait pour les dégâts commis par ses chasses sur les propriétés particulières. Plusieurs fois, dans ses courses, il fit
des chutes graves, une entre autres où il se cassa la cuisse ;
mais il s'en relevait toujours plus ardent, plus intrépide. Il
était le héros des forêts, comme le grand Condé, son bisaïeul,
avait été le héros des armées. Heureux les temps où les princes
ne font la guerre qu'en chassant.

Les forêts de Mortefontaine, d'Ermenonville et de Chantilly
ne suffisaient pas à ses excursions, il s'étendait plus loin
encore, et, grâce à ses largesses, il ne trouvait de barrière
nulle part. Une fois pourtant il rencontra la cabane où le char-
bonnier veut être maître chez lui ; ce fut à Châalis. Mme Pâris,
propriétaire de cette antique abbaye, n'y voulait pas d'autres
chasseurs que ses gardes ; gardienne elle-même de cette terre
couverte de saints débris et longtemps consacrée par la religion, il lui semblait qu'en la défendant de tout ce qui rappelle
l'image de la guerre, elle la défendait de toute profanation.
Mais voilà le cor que retentit dans ses bois ; elle voit des ca-
valiers à riche livrée et des meutes aboyantes se répandre
et envahir partout les bois, les eaux, les déserts de son pai-
sible domaine. C'est la chasse du prince ; il poursuit le sanglier
et s'approche du château ; Mme Pâris s'indigne ; elle n'avait pas
de protection à se ménager ni de mari à placer en cour : la mort
venait de placer le sien dans la tombe ; elle n'était pas cour-
tisane, les grands ne sont grands pour nous qu'autant que nous
avons besoin d'eux. Au lieu d'accueillir le prince, de l'inviter
à un rafraîchissement, cette nouvelle Artémise fut peu civile
pour cet Actéon en cheveux blancs ; elle envoya un de ses
gardes lui signifier de sortir sur-le-champ de son domaine.

Un peu embarrassé de sa mission, le garde s'en acquitta
pourtant. Le prince allait répondre, mais voilà que le sanglier
débusque d'un fourré épais et vient, au pied d'un chêne, s'ac-

culer à quelques pas de lui. Le cor sonne, une meute furieuse accourt et se précipite ; l'animal, traqué de toute part, se défend longtemps, on eut dit qu'il combattait pour Mᵐᵉ Pâris ; mais à la fin, épuisé de fatigue, criblé de balles, couvert de morsures, il roule en rugissant sur la poussière, abandonnant aux chiens glapissants ses membres palpitants et les lambeaux sanglants de son corps déchiré.

Le prince, entouré de ses gentilshommes, de ses piqueurs, tire son couteau de chasse, coupe la hure du sanglier, et la donnant au garde : « Dites à Mᵐᵉ Pâris que je la remercie de l'avis qu'elle me donne et que je la prie d'accepter ce morceau de ma chasse. » Puis il se retira et n'y vint plus. On n'a pas su comment la dame reçut ce présent.

Une autre fois, l'un de ses chiens, éventré d'un coup de boutoir, était gisant dans un fossé. Une demoiselle de Nanteuil rencontre l'animal souffrant et le panse avec son mouchoir : le prince l'apprend et lui envoie aussitôt douze foulards de prix. Voilà un chasseur qui, en dépit de Plutarque, n'était ni sauvage, ni insensible. Tous les chasseurs ne sont pas de même, il est vrai que tous les chasseurs ne sont pas des princes.

C'est un plaisir tout viril que celui de la chasse, il nous distrait, nous exerce, nous fortifie. Pourquoi faut-il qu'il ait ses fatigues, ses dangers, sa passion !

LES VACANCES

INVITATION A M. ***

Les vacances vont, cet Automne,
Rassembler encore les amis ;
Voici le mois où l'on se donne
Tout le bon temps qu'on s'est promis.
L'un quitte sa chaire, sa classe,
L'autre le comptoir qui le lasse,
Pour la campagne et ses plaisirs ;
Le député reprend haleine,
Et, fermant son Code de peine,
Le juge s'ouvre aux doux loisirs.

Au loin, la chasse, les voyages
Du jeune homme appellent les pas ;
Les bois, les eaux, les monts sauvages,
Pour le penseur sont pleins d'appas.
Le sage admire la nature,
L'artiste en trace une peinture,
Le poëte vient la chanter,
Et le dramaturge, en nos plaines,
Pour son héros trouve des scènes,
Dont un public va s'enchanter.

Toi qui, loin du bruit de la ville,
Soupires pour la paix des champs,
Ami, viens sous mon toit tranquille
Partager nos jeux et nos chants.
Du Droit quitte un instant l'école,
Laisse l'étude de Barthole,
Pour le culte de l'amitié ;
Viens, lit, table, sont prêts d'avance,
Le charme de ma résidence
T'attend pour doubler de moitié.

Dans ma demeure un peu rustique,
Tu ne verras par l'or rouler,
Parquets luisants, ni vase antique,
Ni fauteuils qu'on n'ose fouler.
Je n'aime pas la maison fière,
Où l'on n'a pas le nécessaire
Pour avoir un luxe incomplet,
Ni la chambre à triste fenêtre,
Où, pour arriver jusqu'au maître,
Il faut passer par le valet.

Chez moi pas de parade vaine,
Ni de ces grands airs de bon ton ;
Dans ma salle on entre sans gêne,
Au maître on parle sans façon.
On ne craint pas qu'un pied salisse,
A toute heure, pour maint office,
Ma porte s'ouvre à tout venant,
Et le pauvre, qui me protége,
S'assied au foyer où je siége
Entre ma femme et mon enfant. (1)

(1) 1860.

Près de là mon jardin domine
De la plaine un vaste tableau ;
Une pente au midi l'incline,
Un mur au nord fait son radeau.
C'est là que des humains mes frères,
Plaignant l'orgueil et les misères,
De vivre humble je fais le vœu,
Et que, par un heureux système,
J'apprends à me savoir moi-même,
Et l'art d'être riche de peu.

Dans cet Eden, doux héritage
Que me plantèrent mes aïeux,
Du cep verdoyant qui m'ombrage,
J'arrondis les bras fructueux.
De mille fleurs que je cultive,
Je borde l'odorante rive
Du chemin qu'unit le rateau ;
Et du grès, au dessin grotesque,
Je forme un rocher pittoresque,
D'où jaillit un brillant jet d'eau.

Au bout de sa haute terrasse,
D'où j'embrasse un vaste horizon,
Mon cabinet fait mon Parnasse
Et la plaine est mon Hélicon.
Là, je rêve, je lis, je pense,
D'un auteur je fais ma science,
D'un vers j'occupe mon esprit,
Et trouve un trésor dans l'usage
Du livre qui me rend plus sage
Et de la plume qui t'écrit.

Tel est l'abri, le coin de terre,
Où je vis du monde oublié.
Là, pour nous est le sanctuaire
Du génie et de l'amitié ;
Là, ma franche philosophie,
Dans leurs œuvres qu'elle apprécie,
Voit les hommes et non les rangs,
Et, pour mon obscure retraite,
Les soucis, l'envie inquiète,
Ne quittent pas le toit des grands.

Là, point de jaloux qui nous blâme,
Pas d'auteur de gloire entiché,
On y trouve la paix de l'âme,
Et du bonheur à bon marché.
Ah ! toi qui rêves le bien-être,
Sous le beau ciel qui nous vit naître,
Viens-y souvent, viens-y toujours,
Et sous le toit qui nous rassemble,
Ami, nous jouirons ensemble
Des vacances et des beaux jours.

A UN JEUNE PHILOSOPHE

———

Oui, mon ami, j'ai contemplé avec orgueil dans Paris ces somptueux embarcadères, ces cabinets des beaux-arts, ces musées, ces monuments, ces prétoires, cette place magnifique où les plus grandes villes de France viennent, dans les statues qui les représentent, se ranger en cercle comme pour rendre hommage à la première ville du monde, et surtout cet obélisque qui se dresse au milieu, en déroulant à nos yeux l'épitaphe de trente siècles, marie un chef-d'œuvre des temps passés à ceux des temps modernes, rivalise avec l'Arc de Triomphe et parle de Pharaon en face de cette gloire qui parle de Napoléon.

Si ces monuments m'ont montré l'orgueil et les misères de l'homme, ils m'ont montré aussi sa grandeur dans les créations de son génie. On est fier d'appartenir à cette humanité, dont l'intelligence asservit les éléments, calcule le nombre et la distance des astres, pondère les mondes, s'élève au-dessus d'eux et va, sous le voile le plus épais, découvrir Dieu et ravir ses secrets à la nature.

Quelle puissance que celle de cet homme qui peut dire à un autre en lui coupant un membre : « Par ta nature tu dois souffrir, par mon art je t'affranchis de la douleur. » Quelle merveille

que ces machines par lesquelles il lance un ballon dans les airs,
un vaisseau sur les mers, fait jaillir l'eau des entrailles de la
terre, franchit l'espace, communique sa pensée avec la rapidité
de l'oiseau et de l'éclair, maîtrise la foudre, et, dans un or qui
captive l'heure, emprisonne les pas du temps ! Peut-on croire
que celui qui commande ainsi la matière ne soit qu'une matière
lui-même. Pour moi je pense que tant de prodiges ne peuvent
émaner que d'un être prodigieux, et, en dépit de tous les ma-
térialistes, je les admire d'autant plus qu'ils me révèlent l'ex-
cellence de notre nature et la spiritualité de notre âme.

Il appartenait à notre siècle de créer, de découvrir tant de
choses miraculeuses, en voyant ce qu'a fait l'homme jusqu'à ce
jour, qui sait de combien d'autres merveilles avec le temps il
n'étonnera pas le monde ! La nature est loin d'avoir dit son
dernier mot, il y a encore en nous-mêmes et dans ce qui nous
environne des propriétés cachées ; les éléments, l'électricité, le
magnétisme dégagé de son charlatanisme, ouvrent encore un
vaste champ aux investigations de la science. Nos pères seraient
bien étonnés s'ils voyaient aujourd'hui les conquêtes de leurs
enfants ; il est certain que nous avons fait des découvertes qu'ils
ignoraient, mais il ne l'est pas moins que nous en ignorons
qu'ils avaient faites ; les feux grégeois, les miroirs incendiaires
d'Archimède, l'art des embaumements, de la peinture sur verre
perfectionnée, les machines motrices pour le transport et l'élé-
vation de masses immenses, comme celles qui composaient le
colosse de Rhodes, les temples de Balbec, de Thèbes, d'Ephèse,
de Ninive, et qui composent encore les fameuses Pyramides,
sont, je crois, de ce nombre. Le défaut d'imprimerie, l'in-
cendie de la fameuse bibliothèque d'Alexandrie par Omar, les
révolutions du globe et des peuples ont empêché de venir jusqu'à nous des découvertes dont les nôtres ne sont peut-être que
des réminiscences.

Je reconnais avec toi que ce progrès dans l'industrie et les arts a apporté une grande amélioration dans notre façon de vivre, dans nos lois, dans nos mœurs, et qu'à tout prendre nous jouissons plus que nos aïeux ; mais ne trouves-tu pas qu'en nous éloignant de leur simplicité, ce progrès nous rapproche d'une civilisation qui déprave, qui énerve, et qu'en compliquant, pour ainsi dire, notre existence, il nous range sous l'aiguillon de nos désirs et la dépendance de nos besoins. Le plus libre des hommes est celui qui se suffit à lui-même ; or, quelle est la liberté et par conséquent la dignité de celui qui ne peut plus vivre que de la vie qu'il s'est créée, et dont il s'est rendu l'esclave ! Tel jouit aujourd'hui d'un bien factice dont la privation demain lui causerait un mal réel ; tel a de bons bras, de bonnes jambes qui ne sait plus s'en servir, parce qu'à force de machines il en a négligé l'usage, et tel eut été heureux par sa nature qui est malheureux par lui-même.

Nous perdons du côté de la nature ce que nous gagnons du côté de l'art, et en qualités morales ce dont nous profitons en sensualité. Quand on fait tout pour soi on tombe dans l'égoïsme, et quand on ne vit plus que pour le bien-être on lui sacrifie tout. Le moyen d'être sobre, tempérant, réservé avec tant d'occasions de jouissances, et comment affronter la mort avec tant de raisons d'aimer la vie ! le sybaritisme n'enfante pas de héros.

On voit beaucoup de ces corps énervés, de ces âmes amollies telles que les font aujourd'hui la possession d'un bien-être, qui n'est pas le bonheur, les délices des beaux-arts et la pratique des inventions nouvelles, mais on voit peu de ces hommes robustes que faisait autrefois l'ignorance de tout cela, de ces hommes qui ne vivaient pas que pour jouir, qui aimaient autre chose qu'eux-mêmes, qui avaient du dévouement, de l'abnégation, dont l'âme plus neuve était plus généreuse, plus énergique, et qui, au besoin, savaient sacrifier l'amour de la vie, à l'intérêt de leur pays. Ceux-là faisaient les Bayards, les Duguesclin, les Eustache de Saint-Pierre, et tous ces rustres qui ne savaient pas lire, peut-être, mais qui savaient vaincre ou mourir pour la patrie, étaient héros du dévouement ou martyrs du devoir.

Je conclus donc que si nous nous élevons par toutes ces grandes choses, nous nous rapetissons par leur dépendance et que si nous avons l'audace de Prométhée, nous tombons dans l'idolâtrie de Pygmalion.

UNE MORALE ABSOLUE ET DÉMONTRÉE ?

A Mme ***

—————

Trois choses, Madame, auxquelles se rattachent les lois fon-
damentales de toute création, sont à observer dans notre conduite, Dieu, la Nature et la Société. Quand ces trois choses ne
seraient pas dans nos devoirs, elles seraient dans nos besoins,
dans notre intérêt : elles sont pour nous dans la nécessité. Avec
elles tout s'harmonise, tout s'explique ; sans elles l'homme
n'est plus à sa place et tout est désordre et confusion. Il faut
donc y rapporter toutes nos pensées, toutes nos actions, en faire
l'objet de tous nos désirs, le but de tous nos efforts.

Ainsi nous sommes dans l'ordre et dans la vérité quand nous
tenons à Dieu par notre âme, à la Nature par nos fonctions, par
notre corps, à la Société par ses lois et à tous trois par les devoirs qu'ils nous imposent. Mais ces devoirs, quels sont-ils ? Ah !
Madame, ils sont éternellement sacrés, et le charme que la Providence y a attaché nous les rend si doux, que, quoi qu'il nous
en coûte, nous serions bien sots ou bien ingrats de ne les pas

remplir. N'y a-t-il pas du bonheur, en effet, à reconnaître, à adorer un Dieu dans la merveille de ces univers, à se pénétrer de son ineffable bonté en songeant à la place qu'il nous a assignée dans l'ordre del a création, et qui, de rien que nous étions, nous a faits ce que nous sommes? Quel être pensant n'est fier d'être sa créature, heureux de vivre sous son regard, de le remercier par l'adoration, de s'élever jusqu'à lui par la prière?

N'y a-t-il pas du plaisir à contempler les grandes harmonies de la nature, d'obéir à ses indications, de sentir qu'on est compris dans son système, qu'on y occupe une place, qu'on est un de ses ressorts, que l'on concourt à ses fins, et qu'on marche avec elle vers le but qui lui est marqué?

N'y a-t-il pas du profit à vivre dans la Société et du mérite à la servir? Hélas! que serions-nous sans elle? nos facultés se fussent-elles jamais développées? et cette terre que nous habitons présenterait-elle ces moissons, ces produits de l'intelligence et des arts si nécessaires à nos besoins, si chers à notre bien-être? nous lui devons notre existence morale, et après Dieu et la nature c'est d'elle que nous relevons.

C'est donc par reconnaissance autant que par devoir que nous devons consacrer à cette Société notre travail, notre amour, notre vie même. Chez elle tout est bien pour le tout, et sa cause est tellement liée à la nôtre que ce sont nos intérêts mêmes que nous servons dans les siens. Ainsi, Madame, quand nous respectons ses lois, ses institutions, sa religion, quand nous élevons bien notre famille, quand nous réglons bien notre conduite, quand, par le travail, nous développons notre industrie, nos lumières, nos facultés, nous faisons ce qu'il y a de mieux pour elle et de plus avantageux pour nous.

Dieu, la Nature, la Société sont donc pour nous les trois points fondamentaux vers lesquels nous devons sans cesse converger; ils sont les principes constitutifs de toute morale, de toute religion, de tout devoir et la base de toute loi. Nous les trouvons, ces principes, en nous et dans tout : Dieu ne les révèle pas moins à notre conscience que l'univers à nos yeux, et celui-là serait bien insensé ou bien malheureux qui, trouvant du bonheur dans leur conviction et son intérêt dans leur pratique, s'en écarterait sans pouvoir même avoir pour lui l'excuse de l'ignorance ou l'erreur de la bonne foi.

Heureux celui dont la vie est réglée sur ces principes; il est dans la justice et dans la vérité, il sert l'ordre dans tout ce qu'il fait, il reconnaît Dieu dans tout ce qu'il voit, il y a des milliers d'années qu'en les créant ce Dieu a commandé aux astres de briller, à la terre de tourner, à la mer de s'arrêter, aux animaux de se perpétuer sans jamais se confondre, aux arbres de fructifier, aux plantes de fleurir, et depuis ce temps-là, les astres, la terre, la mer, les animaux, les arbres, les plantes n'ont pas manqué un seul jour d'obéir.

L'univers marche vers un but qu'il ignore, l'homme vers une mort qu'il sait, mais qui n'est pas sa fin parce que son créateur, en lui faisant concevoir une autre vie à laquelle son âme aspire, ne peut l'avoir trompé. Oui, l'homme est en dehors de toute morale, il se dégrade, il s'insurge quand dans ce grand ordre des choses, il apporte le désordre de son petit individu.

Voilà, Madame, ce que j'avais à répondre à cette question que vous me faites, *s'il y a pour l'être pensant une morale absolue et démontrée*. Vous voyez que, selon moi, cette morale dérive de l'essence, de l'ordre même de la création, et vous devez d'autant plus vous en applaudir, que vos pensées, vos actions, votre conduite en découlent directement et en donnent le plus bel exemple.

UNE PROMENADE AU DÉSERT

Il n'y a que ce qui est dans la nature qui soit bien en soi et plaise par la vérité, tel est le désert. La beauté que nous créons n'est que de convention, elle varie selon les temps, les lieux, les hommes. Celle qui émane de la nature est absolue, et la même partout ; aussi est-ce chez elle que l'art puise les modèles du beau et les règles du goût, ce n'est qu'en la copiant qu'il nous plaît et son chef-d'œuvre est de lui ressembler.

C'est donc à cette nature qu'il faut toujours en revenir quand on veut de ces spectacles, de ces inspirations qui sont dans le vrai. Le désert est le lieu où on la retrouve dans son imposante nudité, c'est là qu'elle a sur nos sens les impressions les plus immédiates et avec notre âme les communications les plus intimes.

Le désert, comme un océan, nous anéantit par son immensité ; sa plaine est nue comme son ciel, aride comme ses vents, vide comme l'espace. Il a des tableaux grandioses et des impressions profondes. Là, il se déroule uni comme la surface d'un lac immobile ; ici, comme une mer agitée, il fait onduler ses vagues de sable, se gonfle en monticules, se creuse en vallon, en ravin, ou s'élève sous la trombe en poudreux tourbillons ; son soleil est brûlant, son ouragan est terrible, son silence impose, son bruit effraye, ses échos ne répondent qu'aux éclats de la foudre, au cri de l'animal sauvage, son abri est solitaire, sa parole est sublime, ses émotions sont saintes. Il y a pour l'être pensant quelque chose de majestueux, de solennel dans ces grandes solitudes de la nature. Elles l'élèvent à Dieu, les villes le ravalent à l'homme.

Au milieu des révolutions qui l'entourent, le désert reste toujours ce qu'il est, rien ne le change, rien ne le vieillit ; vieux contemporain de la création, il nous en révèle le mystère, il a gardé l'empreinte de la main qui l'étendit, qui le limita, et il nous montre ses montagnes, ses rochers, tels que Dieu les posa aux premiers jours du monde.

Affranchi de ses liens, l'homme se sent plus libre au désert ; il aime à se retrouver en face de cette nature où tout parle à son âme, il s'identifie avec ce qui l'environne, il se sent avec ravissement absorbé dans le tout, et, en contemplant les splendeurs de cet univers, il est heureux et fier de penser que de cette puissance suprême qui créa tant de merveilles est sorti le souffle qui l'anime. Le désert est dans la nature ce qu'est l'église dans la Société, le sanctuaire du recueillement et du silence ; là, toute distinction s'efface, le grand et le petit sont égaux devant leur mère commune.

Souvent aussi nous venons isoler au désert une peine de cœur, un deuil de l'âme, qui trouvent du charme dans une triste pensée, dans un cher souvenir, ou une poésie, des sentiments dont le vulgaire se rit parce qu'il ne les comprend pas ; ah ! si quelquefois, transfuge heureux d'une foule opportune, vous avez pu égarer au désert les pas de la beauté qui vous est chère, si vous avez vu à l'ombre du rocher, seul témoin de vos confidences, ses longs cheveux se soulever sous l'haleine de vos soupirs et son sein sous l'émotion de vos douces paroles, si vous l'avez vue, dans son trouble virginal, lever sur vous des regards suppliants et vous implorer contre vous et contre elle-même, si

5

vous avez senti son cœur battre sous votre main timide comme le jeune oiseau qui, brisant sa coquille, sent pour la première fois la vie sous l'aile de sa mère, ne demandez plus qu'à mourir, votre coupe de bonheur est épuisée.

Mais où est-il ce désert ? Ce n'est pas seulement sous le ciel brûlant de l'Ethiopie ni dans les steppes glacées de la Sibérie, ni sur les cimes du Thabor et du Taurus, c'est à dix lieues de Paris et à quatre de mon pays, c'est entre Mortefontaine et Senlis que la nature l'a placé, au centre de la civilisation, comme un des contrastes dont elle tire ses harmonies.

J'y dirigeai mes pas, selon mon habitude, un de ces jours où l'on éprouve le besoin de retremper son âme, de récréer son imagination ou d'isoler un chagrin dans le calme de la nature. Je passai sous les murs de Saint-Sulpice. C'est un ancien monastère de Sainte-Brigitte, converti aujourd'hui en jolie maison de plaisance par M. Laperche, dont la présence y est plus désirée qu'obtenue. C'était autrefois un lieu très-fréquenté des pèlerins ; il y avait une fête qui durait plusieurs jours et y attirait un grand concours de monde ; de cette fête, de ce monastère, il ne reste aujourd'hui qu'un saint et une fontaine qu'on voit encore dans son parc enclos de murs.

En m'éloignant de Saint-Sulpice, j'entrai dans un site mi-champêtre, mi-sauvage. Je fus étonné d'y trouver, dans un lieu écarté, un lavoir public ; une douzaine de laveuses y faisaient retentir leurs battoirs et jacassaient comme des pies ; Dieu qui fait bien tout ce qu'il fait a donné la parole à la femme comme un allègement de sa pensée, il faut qu'elle exprime ce qu'elle sent pour le sentir moins, et quand elle n'est pas heureuse, mieux vaut qu'elle parle que de réfléchir. Au village la parole est pour la femme l'auxiliaire du travail, c'est par elle qu'elle s'anime et s'encourage, qu'elle oublie ses misères et ses défauts en parlant de ceux des autres, et qu'elle fait son éloge par leur critique. Si vous lui ôtiez son babil, vous lui ôteriez son esprit, son mérite, et peut-être son seul plaisir qu'il ne faut pas lui envier.

Je traversai la grande route dite *pavé d'Arène*, du nom d'un seigneur qui la construisit, et j'entrai dans le grand et beau domaine de Mortefontaine. L'étroit sentier que je suivais avait pour moi le charme des contrastes : à ma gauche s'étendait une délicieuse vallée ; un canal limpide y traçait son cours sur une pelouse embaumée, des arbres de toute espèce s'y couvraient de fleurs et y répandaient un frais ombrage, des milliers d'oiseaux y chantaient en voltigeant ; à ma droite s'entassaient des monts arides et noirâtres, des rochers qui pendaient sur ma tête comme des avalanches et sous lesquels je passais comme sous des fourches caudines ; on y voyait des gorges profondes, des escarpements, le reptile y déroulait ses replis sous la fougère inculte, l'orfraie y avait son refuge, et l'animal sauvage y chassait sa proie. On eut dit une lande du Caucase à côté d'une oasis de l'Italie.

Bientôt l'horizon s'élargit devant moi, je longeai les bords du grand étang de l'Epine, dont la belle nappe d'eau s'argentait au soleil et d'où des canards sauvages s'envolèrent à mon approche. Ici, des plaines de bruyère succédaient à des massifs de bois, au vert gazon des vallées ; puis, des friches de sable, des bassins de tourbe, puis des montagnes au front chauve, au sol aride, des blocs de roche entassés les uns sur les autres disséminés çà et là, et j'entrai dans le désert de *Sainte-Marguerite-des-Grès*. Ce désert renferme un espace de quatre lieues carrées environ ; il s'étend de la tour de la *Roche-Pauvre* à la *Butte-des-Gendarmes*, et des villages de Thiers et Pontarmé à la forêt d'Ermenonville. Il forme au milieu d'eux un vide immense et une lacune dans le règne de la végétation, je l'espaçai d'une extrémité à l'autre, je m'enfonçai dans ses sables, je gravis ses rochers, je m'élevai sur ses mamelons, et après avoir cueilli quelques plantes alpestres, ramassé quelques coquillages fossiles, je vins sur la crête d'un monticule m'asseoir sur l'angle d'un rocher pour l'explorer à loisir.

L'air était froid, mais le ciel était beau, le soleil, en éclairant le désert, en faisait ressortir les différentes teintes, il blanchissait encore la blanche écorce des bouleaux, enluminait les rochers, noircissait les bruyères, dorait les sables qui étaient comme les jours et les ombres de ce tableau pittoresque ; j'étais là, seul comme Adam aux premiers jours du monde ou comme Robinson dans son ile ; aucun bruit de la ville ne venait interrompre le vaste silence qui m'environnait. J'avais laissé en partant de chez moi, pour les reprendre au retour, le soin des affaires et les inquiétudes de la vie, je n'avais plus de la Société qu'un souvenir, et mon âme savourait avec délices la volupté de jouir d'elle-même et le bien-être de l'isolement. Il y a du charme pour la rêverie dans les lieux infréquentés.

Il est doux, loin des hommes, de se trouver face à face avec la nature, d'ouvrir ses yeux à ses merveilles, son oreille à ses harmonies, son âme à ses inspirations. Dans le monde on ne se connaît pas, on ne s'appartient pas, on vit du regard d'autrui, et tel y a beaucoup vécu qui s'est toujours ignoré lui-même. Dans la solitude on vit de sa propre vie, on s'identifie avec cet univers qui nous entoure, qui nous absorbe, avec ce ciel auquel on aspire, on sent tout ce que cela dit à l'âme, on s'entretient avec sa pensée, on se recueille, on jouit de soi-même et l'on possède un bonheur pur comme l'innocence, stable comme la vérité.

Le premier objet qui fixa mon attention fut la chapelle de *Notre-Dame-des-Bruyères ;* elle s'élève avec ses murs de grès bruts et sa couverture de tuiles rouges sur le sommet pelé d'une colline, et y fait planer une sainte pensée. M. Corbin, accomplissant un vœu de son épouse, l'a fait édifier en 1853, sur les ruines d'une ancienne chapelle qui était sous le vocable de *Sainte-Marguerite-des-Grès* et en grande vénération dans la localité. A quelques pas de là, on voit, dans l'anfractuosité d'un rocher où s'est ébréchée la faux du temps, une cellule où, selon la tradition, se retirait sainte Marguerite, jeune vierge qui, comme tant d'autres, au commencement du christianisme, mourut victime de sa foi et dont les vertus et le martyre ont laissé dans ce désert un souvenir qui le sanctifie et vivra plus longtemps, peut-être, que les rochers qui en furent témoins.

Plus loin, la *Butte-Mortaon* montrait au-dessus de ses flancs pierreux sa belle couronne d'arbres verts. Un jour elle fut le trône du maître du monde : l'Empereur Napoléon y fut conduit par le roi Joseph, son frère, qui lui fit servir une collation sous un chêne prodigieux ; c'était un géant de la végétation abritant un colosse humain. Au pied de cette butte, les eaux du lac qui l'entoure brillaient à travers des clairières d'arbres comme des fragments de glace dans un temple de la nature. Ce lac eut aussi son jour de gloire ; il vit une fois l'Impératrice Marie-Louise, les reines de Hollande, de Suède, d'Espagne, conduites par des amiraux, se promener dans une barque sur ses flots aux acclamations d'un peuple nombreux accouru sur ses bords. Mais, pour ces royautés, la vague avait la même écume, l'abîme le même écueil, le moucheron la même piqûre ; il n'y a que des mortels entre le ciel et la terre, et où le peuple voyait des maîtres du monde, la nature ne voyait que des êtres appartenant à l'humanité.

Napoléon aimait ce beau domaine qui appartenait au roi Joseph. Il venait sous de riants ombrages s'y délasser de ses conquêtes ; de bons paysans lui présentaient d'humbles hommages, de jeunes vierges mêlaient la fleur des champs aux lauriers de sa gloire et la main d'une innocente bergère couronnait en lui le vainqueur de l'Europe. Si Ermenonville a son Rousseau, Mortefontaine a ses Buffon, ses Delille, ses Châteaubriand. Ces grands hommes venaient sur son sol volcanisé étudier les révolutions du globe et copier ces grands tableaux de la nature qui ont tant de charme sous leurs pinceaux.

A l'extrémité opposée du désert est une éminence où quelques bouleaux penchent leur tête échevelée et entretiennent à leur ombre une rare verdure ; c'était là que le dernier prince de Condé venait dans ses chasses se mettre en observation pour voir la bête poursuivie débusquer de la forêt. Il était beau de voir ce prince, ses gentilshommes, ses piqueurs, ses gardes, sous la riche livrée de sa maison qui rappelait l'ancienne Cour, s'élancer sur des chevaux rapides à travers ces landes, poursuivre le sanglier qui s'acculait au pied d'un rocher où le cerf qui franchissait les vallons, les montagnes, dérobait ses traces par ses bonds et échappait aux meutes aboyantes en se réfugiant dans les étangs de Mortefontaine et de Commelle. Il était beau aussi d'entendre les sons du cor que répétaient les échos lointains.

Quelquefois, Mesdames de Feuchères, du Cholot, de Chabannes, et d'autres en brillantes amazones, en Dianes chasseresses, accompagnaient son Altesse, suivaient dans ces lieux cet Actéon en cheveux blancs, mariaient le luxe de la civilisation à l'âpreté du désert, la mollesse, l'étiquette des cours à des exercices belliqueux, et répandaient des sentiments de galanterie et de tendresse au milieu des fanfares et de l'hallali, et des images de la guerre. Aujourd'hui ces grands du monde ont passé. Ce lac, cette butte, ce désert sont toujours les mêmes : ainsi tout s'élève et tombe, tout naît et meurt, tout brille et s'éteint dans l'organisation sociale ; la nature seule est éternelle.

Au couchant c'était Charlepont au milieu de ses humides

prairies; Pontarmé qui s'encadre dans la lisière de ses bois; Thiers qui s'entoure de ses plaines sablonneuses; au-dessus on voyait la Chapelle-en-Serval dont le château abrite le noble sang des Byron-Gontaut; Orry, renommé pour ses navets, Montgrésin pour ses artichauts, et, plus loin encore, Chantilly, temple des héros, dont il est veuf aujourd'hui, dont les écuries monumentales faisaient scintiller an-dessus des forêts leur toiture ardoisée.

Au nord, une chaîne de montagnes ondulait aux limites du désert; elles s'élevaient comme bondissant de la terre; ici, elles semblaient s'affaisser sous le poids du ciel, là, elles s'étendaient comme des dunes de cette mer de sable; par intervalle, les anneaux de cette chaîne se brisaient et laissaient voir, comme une apparition magique, la ville de Senlis qui baigne ses pieds dans les eaux de la Nonette et porte dans les cieux la tête audacieuse de son magnifique clocher. Au-delà, c'était la butte Blanche-d'Aumont, le château de Saint-Christophe, qui rappelle le cardinal de Bernis, et dont les sommités se fondaient dans les profondeurs de l'horizon.

Ces montagnes du désert se hérissent de rochers comme d'une végétation pierreuse; ces vieux ossements de la terre soulevaient le sol et pointaient çà et là, comme la charpente d'un corps amaigri. Ils se dessinaient sous toutes les formes et présentaient avec les choses de ce monde de bizarres ressemblances: c'étaient des dolmens de Carnac, des menhirs de Carnioux, des hypogées du Morbihan; ailleurs ils s'entassaient comme des projectiles de volcan ou se répandaient comme des ruines gigantesques de Thèbes ou de Balbek; quelquefois c'était un fanal que le soleil allumait, c'était une colonne, une tour, vieux fragment de l'édifice du monde, resté debout malgré le temps, ou un géant alpestre dont les pieds creusent le sol, dont la tête défie la foudre, qui se fait un panache de la ronce épineuse qui le couronne, une barbe du lichen qui le frise et le grisonne, une arme de sa masse et combat les éléments. C'était encore une forteresse naturelle située sur un rivage comme Cronstadt ou Sébastopol, mais sans canons, hélas ! et sans victimes ; un Charybde, un Scylla, ouvrant aux vents qu'ils engloutissent leurs gouffres rugissants. Enfin c'était beaucoup de ce qu'avait voulu la nature et un peu de tout ce que voulait l'imagination.

Ainsi l'héroïsme et la piété, les grandeurs de la Société et de la Nature, l'histoire et la poésie peuplaient, fécondaient pour moi ce désert vide et stérile. J'ai dit que j'y étais seul, je n'y fus pas longtemps ainsi. Comme le premier homme, j'eus bientôt une femme ; si celle-ci eût été tentée du serpent, je crois que notre premier père ne l'eût pas été d'elle : c'était une pauvre villageoise assez jeune encore, mais flétrie par la misère, usée par le travail et vieillie avant l'âge. Elle coupait de la bruyère et faisait sa charge dans ce lieu éloigné. Cela lui valait son chauffage ou quelques sous ; elle s'approcha de moi pour me demander l'heure ; nous causâmes ; elle m'apprit qu'elle avait eu douze enfants dont six étaient vivants. Douze enfants !... L'État donne la croix, une pension au soldat qui tue ses ennemis, et la femme qui lui donne ce soldat et peuple la Société manque du nécessaire ; quand une femme a élevé une nombreuse famille, quand elle a bien rempli ses devoirs de mère et d'épouse que tant d'autres négligent n'a-t-elle pas quelque droit à ces récompenses pécuniaires ou honorifiques que l'État décerne à de moindres mérites ? Je me constituai son mandataire auprès de cette malheureuse, et, chargée de sa botte de bruyère, elle reprit le sentier de son village.

Retombé dans ma solitude, je lus dans le journal la *Presse* la belle réponse de Lamartine à Alexandre Dumas. Elle est digne des temps antiques ; on croit entendre Socrate répondant à Apollodore, ou Cicéron à Atticus. Dumas disait vrai : le mérite, les services ont trouvé chez Lamartine ce qu'ils trouvent partout :

des détracteurs et des ingrats. Dans notre siècle d'égoïsme, on apprécie plus la valeur d'un écu que celle d'un homme et l'on s'occupe bien plus de sa fortune que de son pays. On trouve cent Crésus pour un Aristide, mais quoique la fortune fasse pour eux, ô Lamartine ! ta part est encore la plus belle. S'ils ont la richesse, tu as le génie. A eux les titres, les honneurs, les places, mais aussi à eux le tombeau. Toi, grand homme, à toi la gloire et l'immortalité.

Le même journal parlait des mémoires de Mme George Sand. Cette autre Sévigné veut qu'on la connaisse dans toute sa vie. On a maintenant la manie des confessions. Si le romain Drusus eut vécu de notre temps, il n'eut pas désiré que sa maison fût de verre pour que toutes ses actions y fussent à jour, il eut écrit ses mémoires. Il faut avoir une haute opinion de soi pour se mettre ainsi à nu devant le public.

J'avais un volume de Volney : j'y admirai le penseur, l'écrivain, mais je ne comprends pas son déisme, ou plutôt son scepticisme en religion, ni sa morale en principe; en isolant l'homme de Dieu, il le réduit à son individu et le prive des avantages qu'il peut tirer de son commerce avec le ciel ; il ne voit pas que c'est dans l'idée même que la créature pensante a de son créateur qu'elle puise le besoin de se rattacher à lui. C'est une triste philosophie que celle qui fait tout dériver de l'intérêt et tout rapporter à soi, qui donne tout aux besoins, au bien-être du corps, et rien aux espérances, aux aspirations de l'âme, en un mot qui concentre l'homme dans le *moi* et érige l'égoïsme en vertu ; ce n'est pas elle qui engendre l'héroïsme et le dévoûment, ce n'est pas elle qui fait les Léonidas et les Régulus, les Eustache de Saint-Pierre et les d'Assas, les Vincent-de-Paule et les Belzunce. L'homme réduit à lui-même, c'est bien peu de chose ! Celui qui ne voit que cette vie ne songe qu'à bien y passer la sienne et ne se sacrifie pas pour les autres; celui qui, à l'abri des lois, croit ne devoir qu'à lui compte de ses actions, compose facilement avec sa conscience ; celui qui n'attend rien de l'avenir n'est pas scrupuleux sur l'usage du présent. Ce n'est que dans la pensée d'un Dieu et l'espérance d'une autre vie que l'homme tire le sentiment de sa dignité, l'enthousiasme du beau, la force dans sa faiblesse et le mépris de la mort. C'est détruire le mérite de ses actions que d'en rapporter la cause aux sensuelles impulsions du *moi* ; c'est le livrer à toutes les horreurs de sa misère que de le détacher de ce qui l'en console, c'est ravaler la noblesse de sa nature que de la réduire aux proportions de la matière. Pour moi, en dépit des Volney, des Dupuis, des Helvétius et de tant d'autres, je préfère cette religion qui fait de l'homme un être déchu à cette philosophie qui en fait un animal parfait, et je trouve que c'est une triste raison que d'avoir raison contre ce qui élève la vertu au dessus du malheur et l'homme au-dessus de la bête.

En lisant Volney, j'entendais au loin des voix de chasseurs et les aboiements d'une meute. Peu à peu, ce bruit grandit, s'approche, et je vois venir du côté de Pontarmé un animal que je pris d'abord pour un sanglier et que je reconnus bientôt pour être un loup et un loup de première taille. Une douzaine de chiens le poursuivaient en piaulant, mais il avait sur eux une grande avance ; il traversa le désert dans la direction d'Ermenonville ; j'étais curieux de voir cette chasse. Tout à coup il tourne à droite et fuit du côté où je me trouvais ; bien qu'il fut encore loin, il venait si droit sur moi que j'eus quelque appréhension et jugeai prudent de me blottir derrière un rocher, mais j'aperçois au pied un énorme terrier, une bauge : je me figure que c'est le repaire de mon loup et qu'il accourt s'y réfugier. J'avoue que ma curiosité se changea en frayeur. Il était trop tard pour fuir, je puisai de l'audace dans ma peur ; quelquefois, la poltronnerie fait le brave ; armé de ma canne, je sortis de ma

cachette et vins me placer en avant du rocher, le loup y arrivait, il n'en était guère qu'à vingt pas. En m'apercevant il eut,
je crois, aussi peur de moi que moi de lui, il se détonrna en
redoublant de vitesse ; je le vis fuir vers la *Butte-des-Gendarmes*,
puis vers les grands bois de Senlis, où il échappa à la meute qui
l'avait lancé et qu'il avait lassée.

Il faut s'être trouvé dans un danger imminent pour concevoir
la joie qu'on éprouve d'en être délivré : rien n'égala pour moi le
plaisir que j'eus de voir ce loup s'éloigner que la frayeur que
j'avais eue de le voir s'approcher. Bien que je fusse rassuré, je
ne crus pas devoir rester plus longtemps dans ce désert où l'on
rencontre de pareil sauvage. Je quittai ces rochers qui étaient
des repaires, cette solitude qui n'en était plus une pour moi, et
je rentrai dans la Société ou l'on trouve des loups d'une autre
espèce, mais auxquels on peut au moins fermer sa porte.

LA FRANCE ET LA RÉPUBLIQUE

LA FRANCE.

Toi qui, changeant mes destinées
Aujourd'hui remplaces mes rois,
Et qui, mûre de quatre années,
Règnes pour la troisième fois,
Dans la route oblique, indécise,
Où ta rencontre m'a surprise,
Quel avenir as-tu pour moi ?
Et quand ta marche encor chancelle,
Au jour où tout se renouvelle,
Quel vœu formerai-je pour toi ?

Des Marat et des Robespierre
Ne germent-ils pas dans ton sein ?
Et pour moi l'astre qui t'éclaire
N'a-t-il pas un jour assassin ?
Hélas ! j'en ai triste mémoire,
Le crime trône en ton histoire,

Le sang a jailli sous tes pas,
Et tel qui t'aime à ton aurore
Demain t'aimerait mieux encore
Si demain tu n'existais pas.

Humble sous un monarque honnête,
Tu fus grande sous Mirabeau,
Puis, d'un bonnet coiffant sa tête,
Ton tribun devint un bourreau,
Dans Sparte, Rome, Athènes,
Tu n'as fait que changer les chaînes
D'un peuple qui se disait grand ;
Tu détruis un joug pour un pire,
Et ta liberté, ton empire
Finit toujours par un tyran.

Qu'as-tu fait de mes jours prospères
Que suivaient d'heureux lendemains ?
Pourquoi ces craintes, ces misères,
Ces ouvriers sur les chemins ?
Pour mon peuple que tu caresses,
De tes projets, de tes promesses
J'espère tout et ne vois rien ;
Que me servent tes avantages
Si, toujours sous ton ciel d'orages,
Le mal l'emporte sur le bien ?

Verrai-je les partis, la presse
Toujours au feu des passions ?
Et l'ordre et mon repos sans cesse
Troublés par tes élections ?

Faut-il qu'en ton urne banale
L'intrigue, l'indigne cabale
Ballottent mon sort incertain ?
Et que le bien que je demande,
Ma gloire, ma grandeur dépende
Des caprices de ton scrutin ?

LA RÉPUBLIQUE.

Arrête, ô ma France chérie,
Ingrate, ai-je égaré ton char ?
Faut-il que Brutus m'injurie
Quand je l'affranchis de César ?
Pour me juger, ô vieille esclave,
Attend que tombe mon entrave,
Chez toi mon règne est encor neuf,
Qu'importe un monstre, une âme vile,
Si mes tribuns ont leur Tinville (1)
Tes rois ont eu leur Charles neuf.

C'est moi dont le puissant génie
D'un peuple brise le chaînon,
C'est moi qui dote une patrie
D'un Aristide ou d'un Caton ;
Partout où mon étendard brille,
La liberté, sa sainte fille,

(1) Fouquier-Tinville.

Retrempe un cœur qu'elle ennoblit,
Et mon peuple préfère encore
Une pauvreté qui l'honore
Au joug doré qui l'avilit.

Du despotisme et du servage
N'ai-je pas sauvé tes enfants ?
Et n'est-ce pas par mon courage
Qu'enfin leurs droits sont triomphants ?
Qu'était ce temps où tes altesses
Souvent au gré de leurs maîtresses
Des nations réglaient le sort ;
Où tes féaux, remplis de vices,
Tenaient au gré de leurs caprices
D'un homme la vie ou la mort ?

Mon sceptre est juste et pacifique,
J'abhorre le crime et le sang,
Un républicain fanatique
Trahit ma cause en m'offensant,
La lumière que je dispense
Détruit le mal de l'ignorance
Par le bien de la vérité ;
Je hais l'orgueil et l'arbitraire,
Aux tyrans je ne fais la guerre
Que pour servir l'humanité.

Si d'un grand j'abats l'insolence,
De tout pouvoir je hais l'abus ;
Je sais réprimer la licence,
Partout j'honore les vertus.

Je veux le bien que la foi fonde,
La fraternité dans le monde,
L'égalité pour tous les droits ;
Je veux l'union où nous sommes,
Les mœurs, l'équité chez les hommes,
L'honneur, le mérite aux emplois.

LA FRANCE

Eh bien ! fille de Parthénope,
Montre-nous ce règne parfait ;
Que de tes lois la vieille Europe
Partage avec nous le bienfait.
Un jour sous ton empire immense
Des peuples la sainte alliance
S'accomplira selon tes vœux ;
Puisse le ciel dans sa justice
N'avoir pour toi qu'un sort propice,
Et pour tous que des jours heureux.

OUVRAGES DU MÊME AUTEUR

OCCUPATIONS DE SES LOISIRS

———•◦•———

1" *Hymne au Soleil*, poëme en quatre chants et plusieurs
Bucoliques, imités de Reyrac. . . . . 1 volume.

2" *Tableau en vers de Dammartin, et pièces diverses*. 1   id.

3" *Épitres en vers à Jean-Jacques Rousseau et
à Lamartine et poésies mêlées*. 1   id.

4" *Élégie en vers sur la mort de l'abbé Lemire*. . 1 brochure.

5" *Ode sur l'Entrée de la duchesse d'Angoulême
dans l'Église de Notre-Dame de Dammartin
et panégyrique de l'abbé Lemire*. 1   id.

6° *Le triomphe de l'Église ou rétablissement de
l'Église de Notre-Dame, poëme*. 1   id.

7° *Pélerinage au Saint-Sépulcre sur la montagne
de Montgé et poésies diverses*. . . . . 1 volume.

8° *Histoire de la ville et du cimetière de Dammartin*. 1   id.

9° *Le progrès dans une petite ville et pièces
diverses*. 1   id.

10° *Si j'avais cent mille francs de rente* et *recueil de*
   pièces diverses, prose et vers. 1   id.

11° *Les prussiens à Dammartin* ou *Souvenirs de* .
   l'Invasion, une *promenade au désert* et autres
   œuvres 1   id.

12° Nombre d'Articles de circonstance ou d'actualité sur différents sujets, insérés dans plusieurs journaux et qui. réunis.
   formeraient une dizaine de volumes.

Des œuvres littéraires manuscrites et inédites sur les hommes,
   les événements de la localité, pouvant servir à l'histoire du
   pays.

Ainsi, petit auteur, sans gloire sans envie,
J'ai pu de l'art des vers charmer aussi ma vie,
Me sentir inspiré par mon cœur, par les lieux,
Peindre ce qui s'est fait de mon temps, sous mes yeux ;
J'ai pu dans quelqu'écrit peu digne de mémoire,
Parler de mon pays, des hommes, de l'histoire,
Me faire de ma plume un plaisir délassant,
Et comme un autre enfin dire un mot en passant.
Mais si ce mot pour tous n'est pas un mot futile,
Qu'aurai-je fait pour moi qui me soit bien utile ?

Hélas ! quand mon regard par la mort arrêté,
Ne verra plus du jour l'astre que j'ai chanté,
Quand le temps destructeur sous qui l'homme succombe,
Du gazon funéraire aura couvert ma tombe,
Aurai-je dans nos murs seulement un ami
Pour sauver et mes vers et mon nom de l'oubli ?
Non, chez les miens jamais mon œuvre littéraire
N'occupera l'esprit du lecteur solitaire,
Je mourrai dans ces cœurs en qui pour l'avenir
Les vers ne donnent pas de droit au souvenir
Et ce pays si cher dont j'ai tracé l'histoire
N'aura pas un regret, un mot pour ma mémoire.
Heureux si, me lisant d'un œil impartial,
Où j'ai voulu le bien, il ne voit pas de mal.

L'homme se flatte en vain d'une vie immortelle,
La mort à qui sa tombe oppose un nom rébelle
Ne lui laisse en ce nom qui doit subir ses lois,
Que le droit de mourir une seconde fois.

ERRATA

Page 65. ligne 26, au lieu de *opportune*, lisez *importune*.

Page 80. vers premier, au lieu de la *foi*, lisez la *loi*.

Clermont (Oise). — Imp. Alexandre Teupet,

www.ingramcontent.com/pod-product-compliance
Lightning Source LLC
Chambersburg PA
CBHW051225260626
47161CB00005BA/2139